Die drei !!!

Maja von Vogel

Die drei !!!

VIP-Alarm

KOSMOS bei CARLSEN

Außerdem in der Reihe Die drei !!! im Carlsen Verlag lieferbar:
Die drei !!! – Achtung, Spionage!
Die drei !!! – Die Maske der Königin
Die drei !!! – Filmstar in Gefahr
Die drei !!! – Gefahr im Fitness-Studio
Die drei !!! – Gefahr im Reitstall
Die drei !!! – Geheimnis der alten Villa
Die drei !!! – Geheimnis im Schnee
Die drei !!! – Im Bann des Flamenco
Die drei !!! – Im Bann des Tarots
Die drei !!! – Jagd im Untergrund
Die drei !!! – Kuss-Alarm
Die drei !!! – Nixensommer
Die drei !!! – Skandal auf dem Laufsteg
Die drei !!! – Skandal im Café Lomo!
Die drei !!! – Tatort Geisterhaus / Skaterfieber
Die drei !!! – Tatort Paris
Die drei !!! – Total verknallt!
Die drei !!! – Unter Verdacht
Die drei !!! – Vorsicht, Strandhaie!

buchschwestern

FOLGE UNS AUF INSTAGRAM!

MIX
Papier aus verantwortungsvollen Quellen
FSC® C083411
www.fsc.org

Veröffentlicht im Carlsen Verlag
Juni 2020
Mit freundlicher Genehmigung des Franckh-Kosmos Verlages

www.kosmos.de
Umschlagbild: Anike Hage
Umschlaggestaltung: formlabor
Corporate Design Taschenbuch: bell étage
ISBN 978-3-551-31906-7

Die drei !!!

VIP-Alarm

Jubel im Hauptquartier

Es regnete, als Kim in den Schotterweg einbog, der zum Haus von Franzis Eltern führte. Rechts und links standen hohe Bäume, von denen das Wasser tropfte. Kim zog sich ihre Kapuze tiefer in die Stirn, weshalb sie die riesige Pfütze vor sich auf dem Weg leider zu spät bemerkte. Sie konnte nicht mehr ausweichen und fuhr mitten hindurch. Das Wasser spritzte nach allen Seiten.

»So ein Mist!«, fluchte Kim. »Jetzt hab ich auch noch nasse Füße! Ich hätte den Bus nehmen sollen.«

Kims Jeans war bereits völlig durchnässt und auch durch ihre Regenjacke, ein älteres, ziemlich abgetragenes Modell, drang allmählich die Feuchtigkeit. Leise vor sich hin schimpfend radelte sie das letzte Stück und atmete erleichtert auf, als das kleine, rote Backsteinhaus mit den dunkelblau gestrichenen Fensterläden vor ihr auftauchte, in dem ihre Freundin Franzi mit ihrer Familie wohnte. Kim fuhr auf den Hof und lehnte das Rad gegen die Hauswand. Statt an der Tür zu klingeln, ging sie einmal um das Gebäude herum und steuerte direkt auf den alten Pferdeschuppen zu, der hinter dem Haus lag. Von außen machte der Schuppen einen total unscheinbaren Eindruck. Niemand hätte vermutet, dass sich im Inneren ein gemütlich eingerichteter Raum befand, der gleichzeitig das Hauptquartier des Detektivclubs *Die drei !!!* war. Kim, Franzi und ihre gemeinsame Freundin Marie, das dritte Mitglied des Detektivclubs, hatten den Pferdeschuppen in mühevoller Kleinarbeit entrümpelt, geputzt und für ihre Zwecke eingerichtet. Es gab einen Tisch mit drei Stühlen, an dem die drei !!! ihre Club-Treffen abhielten und über neue Fälle diskutierten, einen Bürocontainer mit einer abschließbaren Schublade für Wertgegenstände, der die gesamte Detektivausrüstung des Clubs enthielt, sowie eine alte Pferdekutsche mit Klapp-Verdeck. Hierhin zogen sich die drei !!! zurück, wenn sie etwas ausgesprochen Geheimes zu besprechen hatten.

Kim stieß die Schuppentür auf und floh erleichtert aus dem Regen ins warme und trockene Hauptquartier.

»Wie siehst du denn aus?« Franzi saß bereits am Tisch und blätterte in einer Pferdezeitschrift. Sie liebte Pferde – besonders ihr eigenes Pony Tinka. »Du bist ja klitschnass!«

»Es regnet draußen, falls du es noch nicht bemerkt haben solltest.« Kim schlüpfte aus ihrer tropfenden Jacke und hängte sie an einen Haken neben der Tür. Dann fuhr sie sich durch ihre kurzen, dunklen Haare, die trotz der Kapuze ziemlich nass geworden waren.

»Bist du etwa mit dem Fahrrad gekommen?«, fragte Franzi ungläubig. »Bei dem Wetter?«

Kim nickte und tat so, als wäre das völlig selbstverständlich. »Klar. Ein bisschen Bewegung hat schließlich noch niemandem geschadet.«

Franzi starrte Kim an. »Wer sind Sie? Und wo haben Sie meine Freundin Kim gelassen? Ich meine die Kim, die sich nur bewegt, wenn es unbedingt sein muss. Die Sport hasst wie die Pest und lieber Schokolade futtert, anstatt Kalorien zu zählen. Möchtest du übrigens ein Stück?« Franzi schob Kim einen Teller mit Vollmilch-Nuss-Schokolade hin.

Kim ließ sich auf einen Stuhl fallen und grinste. »Gerne.« Sie nahm sich ein großes Stück Schokolade, schob es sich in den Mund und schloss genießerisch die Augen.

»Ein Glück!«, seufzte Franzi in gespielter Erleichterung. »Du bist nicht von Aliens entführt und gegen einen Klon ausgetauscht worden.«

»Keine Sorge, ich bin noch die Alte«, beruhigte Kim ihre Freundin. »Ich hab nur leider heute früh beim Anziehen festgestellt, dass mir die meisten Hosen aus meinem Kleiderschrank nicht mehr passen.« Kim seufzte. »Offenbar hab ich in letzter Zeit ein bisschen zu viele Süßigkeiten gefuttert.«

Kim liebte Süßes über alles. Schokolade, Kuchen und Gummibärchen konnte sie einfach nicht widerstehen. Vor allem, wenn sie Liebeskummer hatte oder ihre Kombinationsgabe als Kopf der drei !!! gefragt war, brauchte sie jede Menge Zucker als Energielieferant. Liebeskummer hatte sie in letzter Zeit zwar keinen gehabt – ihr Freund Michi war superlieb und hatte für (fast) alles Verständnis –, aber die kniffligen Fälle, mit denen die drei !!! in den vergangenen Monaten beschäftigt gewesen waren, hatten Kims ganze Kraft und Konzentration gefordert. Nachdem sie im Herbst das Geheimnis der alten Nebelmühle aufgeklärt hatten, war ihnen zuletzt eine skrupellose Tierschmugglerbande ins Netz gegangen. Kein Wunder, dass Kim jede Menge Nervennahrung gebraucht hatte. Aber die kleinen Pölsterchen auf ihren Hüften gefielen ihr ganz und gar nicht.

Unzufrieden zupfte Kim an ihrer Jeans herum. »Das ist die einzige Hose, die noch nicht kneift. So geht es einfach nicht weiter! Darum werde ich mich ab sofort mehr bewegen.«

»Super!« Franzi schlug die Pferdezeitschrift zu. »Wir können ja mal wieder zusammen joggen gehen. Oder skaten. Ich könnte dir meine alten Skates leihen, die passen dir bestimmt.«

Kim verzog das Gesicht. »Lieber nicht. Bei meinem Gleichgewichtssinn lande ich sofort auf dem Hintern. Und joggen ist mir irgendwie zu stressig. Ich versuche lieber, meine täglichen Bewegungseinheiten in den Alltag einzubauen. Fahrrad fahren statt Bus, Treppen steigen statt Fahrstuhl und so weiter.«

»Aha.« Franzi machte ein skeptisches Gesicht. »Und du meinst, das bringt was?«

Kim nickte überzeugt. »Na klar! In der letzten *Sweet* stand, dass man beim Treppensteigen innerhalb von fünfzehn Minuten hundert Kalorien verbraucht.«

Franzi schnaubte verächtlich. »Kein normaler Mensch steigt eine Viertelstunde lang Treppen. Es sei denn, du wohnst ganz oben in einem Hochhaus.«

Kim fuhr unbeirrt fort. »Eine halbe Stunde Putzen verbrennt 114 Kalorien – und jetzt halt dich fest: Man verbraucht sogar beim Fernsehen Kalorien! In einer Stunde 68 Stück. In zehn Stunden sind das 680 Kalorien! Ist das nicht irre?«

»Die neue Fernseh-Diät!« Franzi grinste. »Heißt das, du willst in Zukunft zehn Stunden täglich vor dem Fernseher verbringen?«

Kim schüttelte den Kopf. »Natürlich nicht. Aber vielleicht sollte ich mal wieder eine Putzaktion in meinem Zimmer starten …«

Franzi warf einen Blick auf ihre Armbanduhr. »Verbraucht

man beim Warten eigentlich auch Kalorien? Dann müssten wir inzwischen echte Model-Figuren haben. Marie kommt mal wieder zu spät – wie immer.«

»Reg dich nicht auf.« Kim nahm sich noch ein Stück Schokolade. Da sie gerade beim Radfahren mindestens hundert Kalorien verbrannt hatte, konnte sie sich jetzt eine klitzekleine Sünde leisten. »Marie ist bestimmt gleich da. Du kennst sie doch.«

»Eben!« Franzi trommelte ärgerlich mit den Fingern auf der Tischplatte herum. »Ständig lässt sie uns warten! Ich finde das echt unverschämt.«

»So schlimm ist es nun auch wieder nicht.« Kim kannte Franzis aufbrausende Art und versuchte, sie zu besänftigen, bevor sie sich total in ihre schlechte Laune hineinsteigerte. »Außerdem bist du auch nicht gerade die Pünktlichste. Wenn ich mich richtig erinnere, haben wir letzte Woche im *Café Lomo* über eine halbe Stunde auf dich gewartet.«

»Ja, stimmt«, gab Franzi zu. Sie war zwar ziemlich temperamentvoll, konnte aber ohne Probleme einen Fehler zugeben. Seufzend stützte sie den Kopf in die Hände. »Wahrscheinlich bin ich nur so genervt, weil wir noch keinen neuen Fall haben. Es ist echt langweilig, immer nur hier oder im *Café Lomo* abzuhängen. Ich will endlich mal wieder etwas tun! Bei dem Mistwetter kann man ja nicht mal ausreiten. Wenn ich daran denke, dass nächste Woche die Osterferien anfangen, wird mir ganz schlecht. Wahrscheinlich sterbe ich vor Langeweile.«

»Ich weiß genau, was du meinst.« Kim nickte. »Ferien ohne einen neuen Fall sind echt öde. Aber nur weil wir gerade nicht mit Ermittlungen beschäftigt sind, heißt das noch lange nicht, dass wir untätig herumsitzen müssen. Wir könnten zum Beispiel mal wieder das Hauptquartier putzen. Oder die Zeitungsartikel über unseren Detektivclub sortieren. Inzwischen haben wir schon so viele gesammelt, dass wir eine richtige Pressemappe anlegen können. Was hältst du davon?« Kims Augen leuchteten. Sie war sehr ordentlich und liebte es, Unterlagen zu ordnen und zu archivieren. Darum war sie auch für das Detektiv-Tagebuch der drei !!! zuständig, in dem sie jeden Fall sorgfältig dokumentierte.

»Muss das sein?« Franzi verzog das Gesicht. »Ehe ich putze, sterbe ich lieber vor Langeweile.«

Bevor Kim etwas erwidern konnte, flog die Tür auf und Marie betrat das Hauptquartier. Sofort erfüllte ein leichter Maiglöckchenduft den Raum. Maries Lieblingsparfum duftete wie eine Frühlingswiese.

»Hallo, Leute!« Marie lächelte ihren Freundinnen zu und schloss den pinkfarbenen Schirm, der perfekt zu ihrem ebenfalls pinkfarbenen Regenmantel passte.

»Schön, dass du auch noch kommst«, sagte Franzi etwas säuerlich. »Wir waren um drei verabredet, nicht um halb vier.«

»Sorry, ich hab's nicht eher geschafft.« Marie zog ihren Regenmantel aus. Darunter kam ein hellgrünes Minikleid zum Vorschein, zu dem sie farblich passende Ballerinas trug. »Aber dafür hab ich auch absolut spitzenmäßige Neuigkeiten.« Sie machte ein geheimnisvolles Gesicht.

»Bist du mit dem Bus gekommen?« Kim warf einen neidischen Blick auf Maries Schuhe, an denen kein einziger Schlammspritzer klebte.

Marie ließ sich auf dem dritten Stuhl nieder, warf ihre seidig schimmernden, blonden Haare über die Schulter zurück und zückte ihren Taschenspiegel, um ihr Make-up zu überprüfen. »Adrian hat mich hergefahren«, sagte sie beiläufig. »Ich hab ihn zufällig im Treppenhaus getroffen.«

»Und da hat er sich gleich ins Auto gesetzt, um den Chauffeur für dich zu spielen?« Kim zog ungläubig eine Augenbraue hoch.

Adrian war ein junger Schauspielschüler, der vor einer Weile mit seiner WG in das Haus gezogen war, in dem Marie gemeinsam mit ihrem Vater ein luxuriöses Penthaus-Appartement bewohnte. Erst hatte Marie ihn nicht ausstehen können, inzwischen waren sie und Adrian aber gute Freunde geworden. Wenn es nach Marie ginge, könnte auch durchaus mehr daraus werden …

»Er hatte gerade nichts anderes vor.« Marie steckte den Schminkspiegel weg und klimperte unschuldig mit ihren schwarz getuschten Wimpern. »Und er konnte den Gedanken einfach nicht ertragen, dass ich durch den Regen fahren muss und klitschnass werde. Aber eigentlich wollte ich euch etwas ganz anderes erzählen …«

»Na toll!« Kim zupfte missmutig an ihrer Jeans herum, die unangenehm feucht und kalt an ihren Beinen klebte. »Warum hab ich eigentlich nicht so einen zuvorkommenden Nachbarn?«

»Weil du dann nicht hundert Kalorien beim Radfahren verbraucht hättest.« Franzi steckte sich grinsend ein Stück Schokolade in den Mund. Ihr Ärger über Maries Verspätung war offenbar verraucht.

»Stimmt.« Beim Gedanken an ihre sportliche Höchstleistung hob sich Kims Laune augenblicklich wieder.
»Sagt mal, rede ich eigentlich mit der Wand?« Maries Stimme klang leicht gereizt. »Ich versuche die ganze Zeit schon, euch etwas zu erzählen. Könntet ihr mir vielleicht für eine Sekunde eure geschätzte Aufmerksamkeit schenken?«
»Natürlich.« Kim sah Marie neugierig an. »Was gibt's?«
»Hat Adrian dich etwa gerade im Auto geküsst?« Franzi riss die Augen auf. »Sag bloß, ihr seid jetzt zusammen!«
»Quatsch.« Marie winkte ab. »Wir haben nur ein bisschen herumgealbert, mehr ist nicht gelaufen. Leider …« Sie seufzte. Es wurmte sie schon seit geraumer Zeit, dass es mit ihr und Adrian nicht so richtig voranging. Dann gab sie sich einen Ruck. »Aber jetzt zu meinen Neuigkeiten. Was habt ihr eigentlich in den Osterferien vor?«
»Nichts«, sagte Kim ohne Umschweife.
Franzi zog eine Grimasse. »Ich hatte gerade verdrängt, dass die vermutlich langweiligsten Ferien dieses Jahrhunderts vor mir liegen. Musstest du mich unbedingt daran erinnern?«
»Keine Sorge, Rettung naht.« Marie lächelte geheimnisvoll. »Was würdet ihr davon halten, wenn wir zusammen wegfahren? Raus aus diesem trüben Regenwetter und ab in den Süden, wo jeden Tag die Sonne scheint. Ein nettes Hotel am Meer mit Wellness-Bereich und Frühstücksbuffet, ein bisschen am Pool relaxen, am Strand spazieren gehen, ab und zu in die Sauna oder sich mal eine schöne Massage gönnen – na, wie klingt das?«
»Wie ein schöner Traum.« Franzi machte ein verzücktes Gesicht.

»Ein Traum, der leider niemals Wirklichkeit wird.« Kim seufzte. »Meine Eltern haben nicht genug Geld, um mir mal eben so einen Hotelurlaub im Ausland zu finanzieren.«

Franzis Miene verdunkelte sich wieder. »Mist, meine auch nicht. Und meine Ersparnisse reichen höchstens für einen Zelturlaub in unserem Garten.« Frustriert fuhr sie sich durch ihre roten Strubbelhaare, bis sie in alle Richtungen abstanden. »Ich fürchte, du musst ohne uns in den Süden fliegen, Marie.«

»Nein, muss ich nicht.« Marie machte eine spannungsgeladene Pause, bevor sie verkündete: »Ihr seid nämlich eingeladen! Eine Woche in einem Fünf-Sterne-Hotel an der französischen Riviera. Wellnessbereich, Frühstücksbuffet und Fünf-Gänge-Menü am Abend inklusive. Was sagt ihr jetzt?«

Franzi tippte sich gegen die Stirn. »Du spinnst!«

»Soll das ein verspäteter Aprilscherz sein?« Kim sah Marie mit gerunzelter Stirn an. »Wenn ja, finde ich ihn nämlich nicht besonders lustig.«

Eigentlich war es kein Problem für die drei !!!, dass Maries Vater reich war, während Kims und Franzis Eltern nur normal viel Geld verdienten. Helmut Grevenbroich war ein erfolgreicher Schauspieler, der durch seine Rolle als Kommissar Brockmeier in der Vorabendserie *Vorstadtwache* zu Geld und Ruhm gekommen war. Er las seiner Tochter Marie jeden Wunsch von den Augen ab und versorgte sie mit einem sehr üppigen Taschengeld. Normalerweise bildete sich Marie nichts darauf ein. Sie war sehr großzügig und hatte ihre Freundinnen schon oft zum Eisessen oder Shoppen eingeladen. Darum wurmte es Kim umso mehr, dass sich Marie jetzt offenbar einen blöden Scherz auf Kosten ihrer Freundinnen erlaubte.

Marie verdrehte die Augen. »Das ist kein Scherz! Ich meine es ernst. Mein Vater dreht in den Osterferien einen Fernsehkrimi an der Côte d'Azur. Er will nicht, dass ich so lange allein zu Hause bleibe, darum soll ich mitkommen. Ich wollte aber nicht ohne euch verreisen und hab Papa deshalb überredet, euch einzuladen.«

Kim und Franzi starrten Marie mit offenem Mund an.

»Und dein Vater hat Ja gesagt?«, fragte Franzi ungläubig.

»So ein Hotelurlaub ist doch irre teuer«, fügte Kim hinzu. »Und dann noch der Flug und das Essen …«

»Na ja, ein bisschen Überredungskunst war schon nötig.« Marie grinste verschmitzt. »Aber ihr wisst ja, dass Papa mir nichts abschlagen kann. Außerdem zahlt das meiste sowieso die Filmfirma, ihr braucht euch also keine Sorgen zu machen. Was ist, seid ihr dabei?«

»Da fragst du noch?«, kreischte Franzi. »Klar sind wir dabei!«

Kim sprang auf und fiel Marie um den Hals.

»Na bitte«, sagte Marie zufrieden, während sie Kim auf den Rücken klopfte. »Ich wusste doch, dass ihr euch freuen würdet.«

»Freuen ist gar kein Ausdruck.« Kim ließ Marie los. Sie strahlte über das ganze Gesicht. »Eins sag ich euch: Das werden die besten Osterferien aller Zeiten!«

Ab in den Süden

»Südfrankreich? Das ist ja toll!« Michi griff nach Kims Hand und drückte sie. »Ich freu mich für dich.«
Zwei Tage später saß Kim mit Michi im *Café Lomo* an einem kleinen Tisch am Fenster. Sie tranken *Kakao Spezial* mit Vanillearoma, Kims absolutes Lieblingsgetränk. Der Regen klatschte gegen die Scheiben, und obwohl es erst kurz nach fünf war, herrschte draußen ein ungewisses Zwielicht, sodass die Autos auf der Straße mit Licht fahren mussten. Umso gemütlicher war es im *Café Lomo*, wo auf den Tischen die Kerzen flackerten, im Hintergrund leise Musik lief und das Stimmengewirr der Gäste den Raum erfüllte.
Kim genoss es, Michis warme Hand um ihre kalten Finger zu spüren. Sie lächelte ihm zu. »Du bist echt lieb! Ich hatte schon Angst, du wärst vielleicht sauer, weil ich ohne dich wegfahre.«
Michi runzelte die Stirn und schien kurz nachzudenken. »Stimmt – jetzt, wo du's sagst …« Dann lachte er. »Quatsch! Ich find's gut, wenn du dich in den Ferien ein bisschen erholst und mit deinen Freundinnen Spaß hast. Auch wenn ich dich natürlich jede Sekunde vermissen werde …«
Er drückte einen Kuss auf Kims Handrücken und Kim bekam eine Gänsehaut. Obwohl sie schon seit über einem Jahr mit Michi zusammen war, flatterten immer noch Schmetterlinge in ihrem Bauch herum, wenn sie sich küssten. Michi war einfach ihr absoluter Traumtyp!
»Meine Eltern haben die Reise zum Glück schon erlaubt«,

erzählte Kim. »Mama war es erst etwas unangenehm, dass Herr Grevenbroich alles bezahlen will, aber dann hat sie mit ihm telefoniert und schließlich doch Ja gesagt. Ostermontag geht's los. Wir fliegen nach Nizza und fahren von dort aus mit einem Mietwagen weiter. Das Hotel liegt etwa eine Stunde von Nizza entfernt direkt am Meer. Drum herum nichts als Strand, Meer und ein großer Palmengarten. Die Gäste sollen in der Abgeschiedenheit zur Ruhe kommen und sich abseits des Touristentrubels erholen. Willst du mal sehen?« Sie kramte in ihrer Umhängetasche nach dem Info-Material, das sie gestern Abend aus dem Internet ausgedruckt hatte.

»Klar, gerne.« Michi studierte aufmerksam die Unterlagen, die Kim ihm hinhielt. Dann pfiff er anerkennend durch die Zähne. »Ganz schön chic! Scheint ein echter Nobel-Schuppen zu sein.« Er betrachtete das Foto eines weißen, schlossähnlichen Gebäudes, hinter dem das blaue Mittelmeer glitzerte. Im Vordergrund standen Palmen und über dem von Säulen eingerahmten Eingang stand in verschnörkelten Buchstaben *Hôtel d'Azur.*

Kim zeigte auf ein anderes Blatt. »Es gibt einen riesigen Wellness-Bereich mit mehreren Saunen, Dampfbädern und einem großen Ruheraum. Man kann auch Massagen und Kosmetikbehandlungen buchen, aber das kostet extra. Außerdem hat das Hotel einen echten Gourmet-Koch, der für die Gäste jeden Abend ein Fünf-Gänge-Menü zubereitet. Ist das nicht irre?« Kims Augen leuchteten, als sie an all die Köstlichkeiten dachte, zwischen denen sie bei den Mahlzeiten sicherlich auswählen konnten. Dann fielen ihr die zu engen Hosen aus ihrem Kleiderschrank ein und sie verzog das Gesicht. »Vielleicht sollte ich meine Laufschuhe einpacken und zwischendurch eine Runde am Strand joggen. Sonst bin ich am Ende des Urlaubs kugelrund.«

»Unsinn.« Michi schüttelte den Kopf. »Hör endlich auf, dich wegen deines Gewichts verrückt zu machen. Du hast eine tolle Figur!«

»Findest du?« Kim seufzte. »Na ja, immerhin bin ich heute schon mit dem Fahrrad zur Schule gefahren und hab mir meinen üblichen Pausen-Schokoriegel verkniffen. Wenn ich so weitermache, kann ich mich bis zum Urlaub vielleicht sogar wieder im Badeanzug sehen lassen. Zum Hotel gehört nämlich nicht nur ein hauseigener Privatstrand, sondern auch ein großer Pool. Stell dir vor, in Südfrankreich sind zurzeit fünfundzwanzig Grad und man kann sogar schon im Meer baden!«

»Das ist natürlich etwas völlig anderes als dieser blöde Dauerregen hier. Wenn du wiederkommst, bist du bestimmt total braun gebrannt und richtig gut erholt.« Michi lächelte etwas wehmütig. »Wahrscheinlich verschwendest du nach einem Tag in dieser Luxus-Umgebung keinen Gedanken mehr an mich.«

»So ein Quatsch!« Kim schüttelte empört den Kopf. »Ich schreibe dir jeden Tag eine SMS, mindestens.«

»Versprochen?«, fragte Michi.

»Ich schwöre es bei meiner Ehre als Detektivin«, verkündete Kim feierlich. Dann besiegelten sie und Michi den Schwur mit einem langen Kuss.

»Wo bleiben denn Marie und ihr Vater?« Kim sah sich nervös um. »Sie sollten doch schon vor einer Viertelstunde hier sein.« In der Abflughalle des Flughafens herrschte am Ostermontag jede Menge Betrieb. Vor den Check-in-Schaltern hatten sich lange Schlangen gebildet und die Luft war von Lautsprecherdurchsagen, Kindergeschrei und dem Stimmengewirr der Reisenden erfüllt.

Franzi warf einen Blick zur Anzeigetafel über ihren Köpfen. »Keine Panik, unser Flug ist noch gar nicht aufgerufen worden. Wir haben noch jede Menge Zeit.«

»Vielleicht stehen sie im Stau.« Herr Jülich legte seiner Tochter beruhigend die Hand auf die Schulter. »Sie kommen bestimmt gleich.«

»Wenn du im Flugzeug Ohrenschmerzen bekommst, solltest du sofort etwas trinken, hörst du?«, ermahnte Frau Jülich ihre Tochter. »Das sorgt für den nötigen Druckausgleich. Sonst kann dein Trommelfell reißen und dauerhaft geschädigt werden.«

»Na toll, vielen Dank, Mama«, murmelte Kim. »Das ist wirklich sehr beruhigend.« Sie war sowieso schon total nervös, wie immer, wenn sie wegfuhr. Zu ihrem üblichen Reisefieber kam diesmal aber noch die Angst vor dem Flug hinzu, Kims allerserstem Flug überhaupt. Was, wenn sie im Flugzeug Platzangst bekam? Oder ihr plötzlich schlecht wurde? Daran wollte sie lieber nicht denken – genauso wenig wie an Ohrenschmerzen und geplatzte Trommelfelle.

»Hast du ein Namensschild an deiner Reisetasche befestigt?«, fragte Frau Jülich. »Man hört doch ständig von Gepäck, das an den Flughäfen verloren geht.«

»Ja, Mama, hab ich.« Kim verdrehte die Augen. Am liebsten hätte sie sich jetzt schon von ihren Eltern verabschiedet, damit ihre Mutter nicht noch mehr Ermahnungen vom Stapel lassen konnte. Franzi hatte es gut – ihre Eltern waren nicht mit zum Flughafen gefahren, weil Herr Winkler Notdienst in seiner Tierarztpraxis hatte.

Nun kamen auch noch Ben und Lukas, Kims zehnjährige Zwillingsbrüder angerannt. Sie hatten sich an einer Snack-Bar jeder eine Portion Pommes geholt, die sie nun genüsslich verspeisten.

»Dürfen wir an deinen Computer, während du weg bist?«, fragte Ben mit vollem Mund.

Kim schüttelte den Kopf. »Auf keinen Fall! Mein Computer ist für euch tabu, klar?«

»Warum denn? Immer stellst du dich so an!«, nölte Lukas. »Wir sind auch total vorsichtig, ja?«

Kim schaltete auf Durchzug. Sie beglückwünschte sich dazu, ihr Zimmer vorsichtshalber abgeschlossen zu haben. Der Schlüssel steckte sicher verwahrt in der Innentasche ihrer Jeansjacke, sodass die Zwillinge keine Chance hatten, ihre Computer-Tastatur mit Cola, Pizza oder Schokolade zu verschmieren – oder sogar die Datei mit ihrem geheimen Tagebuch zu öffnen, dem sie ihre persönlichsten Gedanken, Gefühle und Ängste anvertraute. Eine absolute Horrorvorstellung, dass die Zwillinge darin herumstöbern und sich über ihre Eintragungen lustig machen könnten …

»Da ist Marie!« Franzi begann wie eine Verrückte zu winken. Marie kam eilig durch die Abflughalle auf sie zu. Mit einigen Metern Abstand folgte ihr Vater, der sich mit zwei Koffern

und einer Reisetasche abschleppte. Marie hingegen trug nur ihr trendiges Fransen-Handtäschchen.
»Hallo allerseits!« Marie winkte in die Runde. »Sorry, wir haben uns etwas verspätet, aber ich musste noch packen. Ich konnte mich einfach nicht entscheiden, was ich mitnehmen soll, darum hab ich schließlich alles in den Koffer geworfen.«
Franzi grinste. »Typisch!«
Herr Grevenbroich stellte schnaufend das Gepäck ab und wischte sich den Schweiß von der Stirn. Während er Kims Eltern begrüßte, ertönte eine Lautsprecherdurchsage. Der Flug nach Nizza wurde aufgerufen.
»Wir müssen los, Mädchen.« Herr Grevenbroich griff nach den Koffern und der Reisetasche und steuerte auf den Check-in-Schalter zu. Es dauerte eine Weile, bis sie ihr Gepäck aufgegeben hatten. Vor der Sicherheitskontrolle verabschiedete sich Kim von ihrer Familie.
»Pass auf dich auf, mein Schatz, ja?« Frau Jülich drückte ihre Tochter so fest an sich, als wollte sie sie nie mehr loslassen. »Und keine gefährlichen Aktionen, versprochen?«
»Jaja.« Kim versuchte, sich aus der klammernden Umarmung ihrer Mutter zu befreien. Frau Jülich hatte Tränen in den Augen. Bei Abschieden reagierte sie immer wahnsinnig emotional.
»Keine Sorge, ich kümmere mich schon um die Mädchen«, sagte Herr Grevenbroich. »Ich verspreche Ihnen, dass ich Kim heil zurückbringe.«
»Da bin ich aber beruhigt.« Frau Jülich lächelte Maries Vater dankbar an und wischte sich eine Träne aus dem Augenwinkel.

»Tschüss, Planschkuh!«, rief Lukas.
»Kriegen wir deinen Computer, wenn das Flugzeug abstürzt?«, fragte Ben mit unschuldiger Miene.
»Ben!« Frau Jülich sah ihren Sohn entsetzt an. »So etwas darfst du nicht sagen!«
»Genau. Flugzeuge stürzen nur ganz selten ab.« Lukas grinste. »Aber wenn, sind meistens alle Passagiere tot.«
Kim spürte, wie ihr flau im Magen wurde. Sie klammerte sich am Riemen ihrer Umhängetasche fest. »Ich muss jetzt los«, murmelte sie und umarmte schnell noch ihren Vater, bevor sie Franzi und Marie durch die Sicherheitsschranke folgte.

Über den Wolken

»Isst du den nicht mehr?« Franzi zeigte auf den Müsliriegel, der vor Kim auf dem Klapptisch lag.
Kim schüttelte den Kopf. »Du kannst ihn gerne haben.«
Sie hatte die Tüte mit den Snacks, die die Stewardess an alle Passagiere verteilt hatte, kaum angerührt. Von dem belegten Brötchen hatte sie nur einen Bissen genommen. Danach war ihr so schlecht geworden, dass sie es gleich wieder weggelegt hatte. Kim nippte an ihrem Mineralwasser und versuchte nicht daran zu denken, dass sie mit hundert anderen Menschen in einer engen Blechbüchse eingeschlossen war, aus der es kein Entkommen gab. Was, wenn ein Feuer an Bord ausbrach? Wo waren noch mal die Notausgänge? Warum hatte sie bloß vorhin bei den Sicherheitshinweisen nicht besser aufgepasst? Kim begann zu schwitzen und die Luft schien plötzlich knapp zu werden. Es kam ihr so vor, als würde das Innere des Flugzeuges immer mehr zusammenschrumpfen.
»Alles in Ordnung?« Marie, die den Gangplatz in der Dreierreihe hatte, sah besorgt zu Kim hinüber.
Kim nickte tapfer. »Geht schon. Ist es noch weit?«
Marie sah auf die Uhr. »Es dauert nicht mehr lange. Höchstens noch eine Dreiviertelstunde bis zur Landung. Ich schätze, wir sind so gegen drei im Hotel. Was haltet ihr davon, wenn wir nach dem Auspacken gleich in den Pool springen?«
»Au ja!« Franzi nickte begeistert. »Ich freu mich schon total auf den Pool und das Meer. Da kann ich mich endlich mal wieder so richtig auspowern!«

Marie lehnte sich in ihrem Sitz zurück. »Ich freue mich am meisten auf den Wellnessbereich. Erst eine schöne Massage und dann in der Sauna relaxen – herrlich! Was ist mit dir, Kim? Worauf freust du dich?«

»Wahrscheinlich aufs Essen.« Franzi kicherte. »Wie ich Kim kenne, futtert sie sich morgens erst mal quer durch das Frühstücksbuffet. Rosinenbrötchen, Schokocroissants und natürlich jede Menge Marmelade und Nutella.«

Kim merkte, wie sich ihr allein bei dem Gedanken an etwas Essbares beinahe der Magen umdrehte. Sie schloss kurz die Augen und versuchte, die aufsteigende Übelkeit zurückzudrängen. »Unsinn«, sagte sie schwach. »Im Gegensatz zu dir muss ich leider auf meine Figur achten und kann nicht essen, was ich will, ohne auch nur ein Gramm zuzunehmen. Ich freue mich am meisten darauf, in aller Ruhe den Krimi zu lesen, den ich mir letzte Woche aus der Bücherei ausgeliehen habe.«

»Lesen – wie langweilig!« Franzi verzog das Gesicht.

»Wir werden schon alle drei unseren Spaß haben«, sagte Marie versöhnlich. »Jede auf ihre Art.«

Eine halbe Stunde später kündigte der Kapitän die Landung an. Kim stieß einen erleichterten Seufzer aus. Bald hatte sie es überstanden. Sie konnte es kaum erwarten, endlich aus dieser schrecklichen Blechkiste herauszukommen. Es war ihr völlig schleierhaft, warum manche Leute so versessen aufs Fliegen waren.

Bevor das Flugzeug zur Landung ansetzte, flog es noch eine Runde über dem Meer. Beim Anblick des azurblauen Wassers und der Küste mit ihren langen Stränden vergaß Kim fast ihre Übelkeit. Auf dem Wasser dümpelten kleine Boote, die von hier oben fast wie die Spielzeugboote aussahen, mit denen Ben und Lukas früher in der Badewanne gespielt hatten.

»Wahnsinn!«, hauchte Franzi, die an Kim vorbei aus dem Fenster sah.

Dann begann plötzlich der Sinkflug und Kims Magen krampfte sich zusammen. Sie versuchte, ganz ruhig ein- und auszuatmen, und fingerte nervös an der Papiertüte herum, die sie vorsichtshalber aus der Tasche am Vordersitz gezogen hatte. Hoffentlich musste sie sich nicht vor allen Passagieren übergeben – das wäre wirklich superpeinlich.

Aber Kim schaffte es, sich abzulenken, indem sie ganz fest an Michi dachte. Und dann war es auch schon vorbei. Das Flugzeug setzte auf der Landebahn auf und rollte in seine endgültige Parkposition.

Nachdem die drei !!! und Herr Grevenbroich ausgestiegen waren und ihr Gepäck geholt hatten, kümmerte sich Maries Vater um den Mietwagen, den die Produktionsfirma seines neuen Films für ihn vorbestellt hatte. Die drei !!! warteten so lange vor dem Flughafengebäude. Kim sog die milde südfranzösische Luft ein, die leicht nach Pinien, Lavendel und Meer roch. Es wehte ein lauer Wind und in der Sonne war es so warm, dass Kim ihre Jeansjacke auszog. Vor dem Flughafen standen hohe Palmen, deren grüne Wedel sich gegen den blauen Himmel abzeichneten.

»Irre – das ist wirklich eine andere Welt.« Franzi sah sich staunend um. »Kaum zu glauben, dass wir noch vor ein paar Stunden zu Hause im Nieselregen herumgelaufen sind.«

»Stimmt.« Marie setzte ihre Sonnenbrille auf. »Ich liebe das südfranzösische Klima. Ich glaube, später lasse ich mich mal an der Côte d'Azur nieder. So wie Brad Pitt und Angelina Jolie. Wenn ich erst mal eine berühmte Schauspielerin bin, kann ich mir bestimmt auch eine dieser tollen Villen mit Pool leisten, die es hier überall an der Küste gibt. Vielleicht irgendwo in der Nähe von St. Tropez, da soll es sehr hübsch sein.«

Marie bereitete sich schon seit Jahren auf eine Karriere als Sängerin oder Schauspielerin vor, indem sie Gesangs- und Schauspielunterricht nahm und in der Theater-AG des Jugendzentrums mitspielte. Sie hatte auch schon mal eine Rolle in einem richtigen Theaterstück gehabt. Es war nur eine Statistenrolle gewesen, aber immerhin. Marie glaubte fest daran, irgendwann den Durchbruch zu schaffen.

»Willst du vor oder nach deinem ersten Oskar umziehen?« Franzi zwinkerte Kim zu. Sie zog Marie gerne ein bisschen mit ihren Ambitionen auf, aber im Grunde zweifelten weder sie noch Kim daran, dass Marie ihr Ziel erreichen würde. Talent hatte sie mehr als genug – und den nötigen Ehrgeiz sowieso.

Marie zuckte mit den Schultern. »Das ist mir egal.« Sie zeigte auf eine silberfarbene Limousine, die gerade vorfuhr. »Da ist Papa!«

Die Fahrt zum Hotel verging wie im Flug (nur dass Kim längst nicht so übel war). Herr Grevenbroich lenkte den großen Wagen sicher durch den Stadtverkehr und bog dann auf die Küstenstraße ein. Kim sah träge aus dem Fenster, hinter dem Strände mit bunten Sonnenschirmen, Palmen, Häuser und Hotels dahinglitten. Franzi hatte recht – es war wirklich eine andere Welt. Und Kim freute sich darauf, sie gemeinsam mit ihren Freundinnen zu entdecken. Wenn sie nur nicht so müde gewesen wäre …

Kim erwachte, als der Wagen zum Stehen kam. Offenbar war sie kurz eingenickt. Müde rieb sie sich die Augen.

»Aufwachen, du Schlafmütze!«, rief Franzi. »Wir sind da!«

Marie und Franzi sprangen aus dem Auto, während Kim noch ausgiebig gähnte und langsam ihre Sachen zusammensuchte. Plötzlich wurde die Wagentür neben ihr aufgerissen und ein braun gebranntes Gesicht erschien.

*»Bonjour et bienvenue à l'*Hôtel d'Azur«, sagte ein Junge in sehr melodisch klingendem Französisch.

Kim zuckte zusammen und ließ vor Schreck ihre Umhängetasche fallen. Die Tasche landete neben dem Auto auf dem Boden und ihr gesamter Inhalt kullerte über das Pflaster.

»Mist!«, entfuhr es Kim. Sie sprang aus dem Auto, um ihre Habseligkeiten wieder einzusammeln.

»Je peux vous aider, Mademoiselle?«, fragte der Junge.

Kim verstand kein Wort. Zwar hatte sie auf dem letzten Zeugnis eine glatte Zwei in Französisch gehabt, aber ihre Lehrerin sprach auch längst nicht so schnell wie dieser Typ.

»Äh – *pardon?*«, stammelte Kim hilflos.

»Du bist Deutsche, stimmt's?«, fragte der Junge und kniete sich neben Kim. Er hatte einen leichten Akzent, konnte aber offenbar ziemlich gut Deutsch.

Kim nickte und stopfte schnell ihren Notfall-Schokoriegel und die Spucktüte, die sie sicherheitshalber aus dem Flugzeug mitgenommen hatte, zurück in ihre Tasche.

»Ich heiße Sandro«, stellte sich der Junge vor. Er trug eine dunkelblaue Uniform mit roten Knöpfen und eine farblich dazu passende Mütze und konnte höchstens ein paar Jahre älter als die drei !!! sein. Offenbar war er so eine Art Hotelboy. »Herzlich willkommen im *Hôtel d'Azur*.«
»Danke.« Kim nahm ihre Tasche und stand auf. »Arbeitest du hier?«
Sandro nickte. Er deutete auf einen anderen Hotelboy, der gerade das Gepäck aus dem Kofferraum holte. »Ich muss meinem Kollegen helfen. Sag einfach Bescheid, wenn du irgendetwas brauchst.« Er schenkte Kim ein strahlendes Lächeln, bevor er sich dem Gepäck widmete.
»Süßer Typ«, stellte Marie fest, die plötzlich neben Kim aufgetaucht war. »Genau der Richtige für einen kleinen Ferienflirt.«
»Spinnst du?«, fragte Kim entrüstet. »Er arbeitet hier.«
»Na und?« Marie zuckte mit den Schultern. »Er sieht trotzdem zum Anbeißen aus in seiner schicken Uniform.«
»Stimmt«, musste Kim zugeben. »Aber ich hab einen Freund, falls du das vergessen haben solltest.«
»Ach was, so ein kleiner Flirt im Urlaub ist doch völlig harmlos.« Marie grinste.
Kim konnte über Maries Einstellung nur den Kopf schütteln. Warum sollte sie mit anderen Typen herumflirten, solange sie so einen tollen Freund wie Michi hatte? Trotzdem fühlte sie sich irgendwie geschmeichelt, als Sandro ihr zuwinkte, bevor er das Gepäck ins Hotel brachte. Mit rotem Kopf winkte sie zurück.
»Das ging ja schnell.« Franzi erschien auf Kims anderer Seite.

»Wir sind noch keine fünf Minuten hier und du hast schon einen Verehrer.«
»Quatsch!«, brummte Kim. »Sandro ist nur nett zu mir, weil ich ein Hotelgast bin. Das ist sein Job, okay?«
»Sandro – ihr habt euch also schon vorgestellt.« Franzi klopfte Kim anerkennend auf die Schulter. »Alle Achtung, ich bin beeindruckt. Und eins ist sicher: Dieser Sandro steht auf dich.«
»Hey! Seht euch das an!« Marie zeigte auf eine riesige Limousine, die gerade beinahe lautlos vor dem Hotel vorfuhr. Der Wagen war ungefähr dreimal so lang wie der Mietwagen von Maries Vater. Der weiße Lack glitzerte in der Sonne. Er sah aus, als wäre er gerade erst frisch poliert worden.
»Wow!« Kim betrachtete die Luxuslimousine.
»Wer da wohl drinsitzt?« Marie versuchte, einen Blick ins Innere des Wagens zu werfen, aber die Scheiben waren dunkel getönt. »Vielleicht irgendein Promi. Dieses Hotel ist ein echter Geheimtipp, hier tauchen ständig alle möglichen VIPs auf.«
»Wahrscheinlich sind es Brad und Angelina«, witzelte Franzi. »Sie wollen die zukünftige Hollywood-Diva Marie Grevenbroich an der Côte d'Azur begrüßen.«
Kaum hatte der Wagen vor dem Hotel gehalten, stürzte auch schon ein Hotelboy herbei und öffnete die vordere Tür. Die drei !!! hielten den Atem an und Kim tastete nach ihrem Fotohandy. Würden sie gleich einen echten VIP zu sehen bekommen?

Der reine Wahnsinn

Die Tür schwang auf und eine kleine, zierliche Frau stieg aus der Limousine. Sie hatte kurze, dunkle Haare und trug einen schicken, grasgrünen Hosenanzug. Ihre Augen waren hinter einer großen Sonnenbrille verborgen.

»Kennt ihr die?«, fragte Kim.

Marie schüttelte den Kopf. »Noch nie gesehen. Schauspielerin ist sie jedenfalls nicht. Aber der Hosenanzug ist vom Feinsten. Ein echtes Designerstück. Maßgeschneidert, würde ich sagen. Und ihr Halstuch ist von einer französischen Edel-Marke. So ein Teil kostet ein paar hundert Euro.«

Da Marie selbst gerne shoppen ging, kannte sie sich in der Modeszene bestens aus.

Franzi riss die Augen auf. »Ehrlich? Ein paar hundert Euro für ein Halstuch? Krass!«

Auf der anderen Seite stieg ein Mann aus. Er war im Gegensatz zu der Frau riesengroß. Das Sakko seines schwarzen Anzugs spannte über seinen breiten Schultern. Seine schwarzen Haare waren raspelkurz geschnitten und er trug ebenfalls eine dunkle Sonnenbrille.

»Der sieht ja aus wie Will Smith in *Men in Black*«, stellte Kim kichernd fest.

»Auf jeden Fall möchte ich mich mit dem lieber nicht anlegen.« Franzi schauderte. »Der verbringt bestimmt drei Stunden täglich im Fitnessstudio und stemmt Hanteln.«

»Wahrscheinlich hat er sein eigenes Fitnessstudio«, murmelte Marie.

Der Mann ging um die Limousine herum und öffnete die hintere Wagentür. Während er sich leicht verneigte, entstieg eine vermummte Gestalt der Limousine. Die drei !!! reckten die Hälse, aber die Gestalt wurde gleich von dem Mann und der Frau abgeschirmt. Offenbar war es ein Mädchen oder eine junge Frau. Genau war das nicht zu erkennen, weil sie einen langen, dunkelbraunen Mantel trug und sich die Kapuze tief ins Gesicht gezogen hatte.
»Du meine Güte, die Arme muss sich ja totschwitzen«, sagte Kim. »Warum in aller Welt trägt sie bei 25 Grad im Schatten einen dicken Wintermantel?«
»Weil sie inkognito hier ist natürlich«, erklärte Marie fachmännisch. »Sie will nicht erkannt werden, jede Wette. Vielleicht ist sie ein amerikanischer Jung-Star.«
»Oder der Geist von Michael Jackson.« Franzi kicherte. »Der lief doch auch immer total vermummt durch die Gegend. Fehlt nur noch der Mundschutz.«
Das Mädchen wurde von der Frau ins Hotel geführt. Der Mann öffnete den Kofferraum der Limousine und begann, Berge von Gepäck auszuladen. Ein Hotelboy eilte herbei, um ihm zu helfen, aber der Mann schüttelte den Kopf und machte eine abweisende Handbewegung. Er wollte sich offenbar selbst um die Koffer kümmern.
»Die haben tatsächlich noch mehr Koffer dabei als du«, sagte Franzi staunend zu Marie. »Und das will echt was heißen.«
Kim beobachtete, wie der Mann die Koffer – es waren insgesamt sieben – auf einen Gepäckwagen lud. »Warum lässt er das denn nicht den Hotelboy machen?«, fragte sie stirnrunzelnd.

Marie zuckte mit den Schultern. »Vielleicht hat er Angst, dass etwas wegkommt. Bei so vielen Koffern verliert man schnell mal die Übersicht.«
Als die drei !!! das Hotel betraten, fuhr der Mann mit dem Gepäckwagen an ihnen vorbei in Richtung Fahrstuhl. Kim sah sich beeindruckt in der großen Eingangshalle um. Der Marmorboden glänzte und neben der Rezeption standen zwei weiße Säulen. Dahinter führte eine gewaltige, mit rotem Teppich ausgelegte Treppe nach oben. Im Internet hatte Kim gelesen, dass das Hotel aus dem vorigen Jahrhundert stammte, vor einigen Jahren aber aufwendig renoviert worden war. Es wirkte so glamourös und gediegen wie ein hochherrschaftliches Schloss.
»Da seid ihr ja endlich!« Herr Grevenbroich kam auf die Mädchen zu. »Ich hab schon die Schlüssel geholt. Unsere Suiten sind im ersten Stock.«
»Wir wohnen in einer Suite?«, fragte Kim ungläubig.
»Na klar«, antwortete Marie, als wäre das völlig selbstverständlich. »Hast du etwa gedacht, wir teilen uns zu dritt ein Doppelzimmer? Das ist hier doch keine Jugendherberge.«
Franzi verdrehte hinter Maries Rücken die Augen. Kim grinste. Sie wusste, dass Franzi es nicht ausstehen konnte, wenn Marie zu sehr die verwöhnte Frau von Welt herauskehrte.
Während Herr Grevenbroich schon zum Fahrstuhl ging, steuerte Marie auf die Rezeption zu. »Bin gleich da, ich muss nur schnell etwas fragen«, rief sie über die Schulter zurück.
»Ich nehme die Treppe«, sagte Kim. »Wir sehen uns oben.«

Zum Glück musste Kim nicht fünfzehn, sondern höchstens zwei Minuten Treppen steigen, bis sie im ersten Stock angelangt war. Sie redete sich ein, dass sie bestimmt trotzdem ein paar Kalorien verbrannt hatte. Der Flur, der zu ihrer Suite führte, war ebenfalls mit dickem, rotem Teppich ausgelegt und verschluckte das Geräusch von Kims Schritten.
Plötzlich hörte sie einen spitzen Schrei aus einer Suite ganz in der Nähe, dann rief jemand: »Nein!« Es war Franzis Stimme! War ihr etwas zugestoßen? Kim rannte los. Sie stürzte in die Suite, deren Tür sperrangelweit offen stand, und blieb wie angewurzelt stehen. Franzi lag lang ausgestreckt auf einem riesigen, dunkelroten Sofa, das sehr bequem aussah, und strahlte über das ganze Gesicht.
»Alles in Ordnung?«, fragte Kim besorgt.
Franzi kicherte. »Ob alles in Ordnung ist? Sieh dich doch mal um! Ist das nicht irre?«
Erst jetzt nahm Kim ihre Umgebung richtig wahr – und die verschlug ihr glatt die Sprache. Sie stand in einem riesigen Zimmer, das ausgesprochen geschmackvoll eingerichtet war. Vor den hohen Fenstern bauschten sich bodenlange, dunkelrote Vorhänge. Davor befand sich das Sofa, auf dem Franzi lag. Es war mit unzähligen Kissen dekoriert und so groß, dass drei bis vier Personen bequem nebeneinander darauf Platz hatten. In der linken Zimmerecke entdeckte Kim einen gemütlichen Ohrensessel mit einer Fußbank und einer Leselampe. Der perfekte Ort, um in aller Ruhe in einem spannenden Krimi zu schmökern. Außerdem gab es noch einen Esstisch mit vier Stühlen und eine kleine Küchenzeile.
»Die Suite ist ja riesig!«, stellte Kim fest.

»Irre, oder?« Franzi sah sich versonnen um. »Daran könnte ich mich glatt gewöhnen. Vielleicht bin ich tief in meinem Inneren doch ein Luxusmensch.«

»Und wo schlafen wir?«, fragte Kim, die nirgendwo ein Bett entdecken konnte. »Kann man das Sofa ausziehen?«

»Unsinn!« Maries Stimme ertönte von nebenan. Neben der Küchenzeile ging noch ein Raum ab, den Kim bisher nicht bemerkt hatte. »Wir schlafen natürlich im Schlafzimmer, was denkst du denn?« Marie erschien auf der Türschwelle. »Komm her und sieh dir den Rest der Suite an.«

Kim folgte Marie in ein geräumiges Schlafzimmer mit einem großen Himmelbett für zwei Personen und einem Einzelbett. Die Bettwäsche leuchtete schneeweiß und auf jedem Kopfkissen lag eine Praline als kleiner Willkommensgruß.

»Hier hinten ist das Bad.« Marie ging voraus, als wäre sie eine professionelle Immobilienmaklerin.

»Ich fass es nicht!« Franzi war hinter Kim aufgetaucht. »Die Badewanne ist ja so groß, dass wir alle drei hineinpassen!« Sie betrachtete die in den Boden eingelassene Wanne.

»Ich bade trotzdem lieber allein, wenn es dir nichts ausmacht«, sagte Marie grinsend. »Das ist übrigens keine normale Badewanne, sondern ein Whirlpool.« Sie deutete auf die kleinen Löcher in der Badewannenwand.

»Unglaublich!« Kim betrachtete die glänzenden Armaturen, die große Spiegelwand und die rote Rose, die in einer schmalen, silbernen Vase zwischen den beiden Waschbecken stand. »Ich komme mir vor, als wäre ich in einer Fernsehserie gelandet.«

»Na ja, in einem Fünf-Sterne-Hotel kann man schon einen

gewissen Standard erwarten«, sagte Marie abgeklärt. »Habt ihr schon den Balkon gesehen?«
Der Balkon war das absolute i-Tüpfelchen. Er war riesengroß und mit einer Hollywoodschaukel und bequem gepolsterten Gartenmöbeln ausgestattet. Aber das Beste war der Blick. Unter ihnen fiel das Hotelgrundstück terrassenförmig zum Meer hin ab und mündete in einem breiten Streifen Sandstrand, der ausschließlich den Hotelgästen vorbehalten war. Dahinter erstreckte sich das in der Sonne glitzernde Mittelmeer bis zum Horizont.
»Der reine Wahnsinn!«, murmelte Kim und Franzi nickte stumm. Selbst Marie hatte es für einen Moment die Sprache verschlagen.
Kim zuckte zusammen, als auf dem Balkon nebenan die Tür geöffnet wurde und ein Mädchen erschien. Es hatte schwarze Haare, die ihm schillernd auf den Rücken fielen und fast bis zur Taille reichten. Sein Gesicht mit den mandelförmigen Augen und den hohen Wangenknochen war wunderschön und hatte etwas Exotisches. Obwohl das Mädchen ganz normale Klamotten trug, erinnerte es Kim irgendwie an eine Prinzessin aus *1001 Nacht*. Das Auffälligste an ihm war aber nicht seine ungewöhnliche Schönheit, sondern die Traurigkeit, die es zu umgeben schien wie ein dunkler Schleier.
»Das ist das Mädchen, das vorhin aus der Limousine gestiegen ist«, flüsterte Marie.
»Bist du sicher?«, fragte Franzi leise. »Sie war doch total vermummt.«
»Ich erkenne ihre Schuhe wieder.« Marie deutete unauffäl-

lig auf die schokobraunen Ballerinas mit Goldbesatz, die das fremde Mädchen zu einer Röhrenjeans trug.
Jetzt hatte das Mädchen auf dem Nachbarbalkon bemerkt, dass es beobachtet wurde. Es lächelte den drei !!! etwas unsicher zu. Seine dunklen Augen sahen so traurig aus, dass sich Kims Herz vor Mitleid zusammenzog. Sie war plötzlich ganz sicher, dass das Mädchen sehr, sehr unglücklich war.
»Hallo«, sagte Marie. »Ich heiße Marie. Und wer bist du?«
Das Mädchen wollte gerade etwas sagen, da schoss die Frau im grünen Hosenanzug auf den Balkon und begann, in einer fremden Sprache leise auf es einzureden. Ihre Stimme klang hart und unfreundlich und die Miene des Mädchens verdüsterte sich. Es konnte sich gerade noch mit einem hilflosen Schulterzucken bei den drei !!! für seinen überstürzten Abgang entschuldigen, dann wurde es auch schon von der Frau zurück in die Suite gezogen.
»Schade«, sagte Franzi. »Ich hätte gerne gewusst, wer sie ist und was sie hier macht. Wie ein amerikanischer Jung-Star sieht sie jedenfalls nicht aus.«
»Sie ist mit ihren Eltern hier«, berichtete Marie. »Ihr Vater ist ein steinreicher, ausländischer Geschäftsmann. Er will hier mit seiner Familie ausspannen.«
Kim und Franzi starrten Marie überrascht an.
»Woher weißt du das denn schon wieder?«, wollte Kim wissen.
Marie grinste. »Ich hab vorhin den Portier an der Rezeption gefragt. Leider hab ich nicht mehr herausbekommen, er war geradezu unanständig diskret.«
»Merkwürdig …« Kim runzelte die Stirn. »Ich wäre nie auf

die Idee gekommen, dass Will Smith der Vater des Mädchens ist.« Irgendetwas störte sie an dem Gedanken. Sie dachte angestrengt nach, und dann fiel es ihr plötzlich wieder ein. »Er hat sich verbeugt, als sie ausgestiegen ist!«, sagte sie. »Und er hat die Koffer getragen. Darum hab ich ihn automatisch für einen Angestellten gehalten.«

»Er hat sich verbeugt?«, fragte Franzi. »Hab ich gar nicht gesehen.«

»Doch, ganz sicher. Er hat den Kopf geneigt, ungefähr so …« Kim machte es den anderen vor.

»Vielleicht sollte das ein Witz sein«, vermutete Marie.

»Oder er ist kurz eingenickt.« Franzi kicherte.

»Ihr habt recht, wahrscheinlich hat es nichts zu bedeuten«, gab Kim zögernd zu. Aber sie konnte die dunklen Augen des Mädchens einfach nicht vergessen. Genauso wenig wie sein trauriges Lächeln. Kim bekam eine Gänsehaut. Ihr Gefühl sagte ihr, dass das Mädchen ein Geheimnis hatte und bald Hilfe brauchen würde.

Sie konnte nicht ahnen, wie recht sie damit hatte.

Panik am Pool

Nachdem die drei !!! ausgepackt und sich in ihrer Suite eingerichtet hatten, zogen sie Badesachen an und machten sich auf den Weg zum Pool, der sich hinter dem Hotel gleich neben dem Palmengarten befand.

»Ist es nicht herrlich?« Marie schob ihre Sonnenbrille nach oben und betrachtete zufrieden das türkisfarbene, in der Sonne glitzernde Wasser, in dem bereits einige Hotelgäste ihre Bahnen schwammen. Am Beckenrand tobten ein paar Kinder herum. Die Liegestühle rund um den Pool waren fast alle belegt. Bei dem schönen Wetter waren die drei !!! offenbar nicht die Einzigen, die ein bisschen in der Sonne relaxen und sich zwischendurch im Wasser abkühlen wollten.

»Dahinten ist noch was frei!« Marie ging zielstrebig auf drei unbesetzte Liegestühle zu und ließ sich, ohne zu zögern, auf einen von ihnen fallen. Ein Ehepaar, das die Liegestühle von der anderen Seite her angesteuert hatte, hatte das Nachsehen. Leise schimpfend traten sie den Rückzug an.

»Ich weiß ja nicht, was ihr vorhabt, aber ich werde mich die nächsten zwei Stunden nicht von der Stelle bewegen.« Marie zupfte das Oberteil ihres brandneuen, goldfarbenen Bikinis zurecht und lehnte sich entspannt zurück.

Kim legte ihr Handtuch auf den Liegestuhl neben Marie und holte eine Tube Sonnencreme aus ihrer Tasche. »Du solltest dich erst eincremen, sonst holst du dir noch einen Sonnenbrand.«

Marie seufzte. »Ich hasse dieses ständige Eincremen! Au-

ßerdem will ich doch braun werden. Aber gut, wenn du meinst …« Sie griff nach der Tube und begann, die Sonnencreme gleichmäßig auf ihren Armen und Beinen zu verteilen.
»Darf ich Ihnen vielleicht behilflich sein?« Ein junger Mann, der auf dem Liegestuhl neben Marie saß und in einer deutschen Tageszeitung blätterte, lächelte ihr zu. »Ich könnte Ihnen den Rücken eincremen.«
Marie sah den Mann mit gerunzelter Stirn an. Er war vielleicht Anfang zwanzig, hatte kurze, braune Haare und eine ziemlich große Nase. Er sah weder besonders gut noch besonders schlecht aus. Aber sein Lächeln wirkte sympathisch.
Marie zuckte mit den Schultern. »Warum nicht?« Sie reichte ihm die Sonnencremetube und drehte ihm den Rücken zu. »Wir können uns übrigens auch duzen. Ich bin Marie. Und das sind Kim und Franzi.« Sie zeigte auf ihre Freundinnen.
»Ich heiße Hubertus.« Hubertus verteilte eifrig Sonnencreme auf Maries Rücken. »Seid ihr heute angekommen?«
Marie nickte. »Vor ungefähr einer Stunde. Wir wollen hier ein bisschen ausspannen. Und du?«
»Ich bin seit gestern hier«, antwortete Hubertus. »Das Hotel ist wirklich toll.« Er wischte sich die Hände an seinem Handtuch ab.
»Bist du Fotograf?« Kim zeigte auf die Kamera, die sie auf einem kleinen Tisch neben Hubertus' Liegestuhl entdeckt hatte. Sie war sehr groß und sah ziemlich teuer aus. Ein richtiges Profi-Gerät.
»Nein, nein«, sagte Hubertus schnell. »Fotografieren ist nur ein Hobby von mir. Ich bin … Geschäftsmann.«
Das kurze Zögern war Kim nicht entgangen und machte sie

sofort misstrauisch. Seit sie als Detektivin arbeitete, hatte sie ein gutes Gespür dafür entwickelt, ob jemand die Wahrheit sagte oder log. Bei Hubertus war sie sich gerade nicht sicher.
»Geschäftsmann – interessant. In welcher Branche denn?«, hakte sie nach.
»Im- und Export«, antwortete Hubertus wie aus der Pistole geschossen. »Ich habe eine kleine Firma in der Nähe von München. Das ist mein erster Urlaub seit fünf Jahren – und den will ich voll und ganz genießen.« Er griff nach seiner Kamera. »Darf ich vielleicht ein paar Fotos von euch machen? Ihr drei seid wirklich fotogen.«
»Vielen Dank.« Marie lächelte geschmeichelt und drapierte ihre Haare möglichst dekorativ um ihre Schultern.
Kim verzog das Gesicht. Sie hasste es, fotografiert zu werden. Außerdem hatte sie es leider vor dem Urlaub trotz täglichen Treppensteigens und Fahrradfahrens nicht mehr geschafft, ihr anvisiertes Wunschgewicht zu erreichen. Sie fand, dass sie in ihrem Badeanzug aussah wie eine Wurst in der Pelle. Das musste wirklich nicht für die Nachwelt festgehalten werden.
»Dahinten kommt dein Verehrer, Kim.« Franzi zeigte zum anderen Ende des Pools.
Tatsächlich! Sandro steuerte direkt auf sie zu. Kim rutschte etwas tiefer in den Liegestuhl und schob sich ihre Sonnenbrille auf die Nase. Sie hatte zwar insgeheim ein bisschen gehofft, ihn irgendwann im Laufe des Tages wiederzusehen (auch wenn sie das nie jemandem verraten hätte, nicht einmal Franzi und Marie), aber bestimmt nicht im Badeanzug, der all ihre Problemzonen gnadenlos enthüllte. Dummer-

weise hatte Sandro die drei !!! bereits entdeckt. Er kam lächelnd näher und blieb neben Kims Liegestuhl stehen.
»Guten Tag, die Damen«, grüßte er höflich. »Darf ich euch etwas zu trinken bringen? Oder vielleicht einen kleinen Snack? Wir haben heute hausgemachte Zitronen-Tarte im Angebot, die kann ich besonders empfehlen.«
»Prima, ich nehme ein Stück«, sagte Marie. »Und dazu einen Eiscafé bitte.«
»Für mich dasselbe«, schloss sich Franzi an.
»Und was möchtest du?« Sandro sah Kim so intensiv an, dass ihr ganz warm wurde. Möglichst unauffällig zog sie ihr Handtuch über die Oberschenkel. Warum machte dieser Typ sie nur so nervös?
»Für mich nur ein Mineralwasser«, murmelte sie.
»Kommt sofort.« Sandro lächelte Kim noch einmal zu, dann verschwand er wieder.
»Mann, der hat dich mit seinem Blick ja förmlich verschlungen«, stellte Franzi fest.
Kim seufzte. »Wahrscheinlich hat er noch nie so unförmige Oberschenkel gesehen. Warum sollte ein Typ wie Sandro ausgerechnet auf mich stehen? Hier laufen massenweise Frauen herum, die tausendmal besser aussehen als ich.«
»Vielleicht findet er dich einfach sympathisch«, sagte Franzi. »Mal ganz davon abgesehen, dass deine Oberschenkel völlig in Ordnung sind und du mit all den Nobel-Tussis hier locker mithalten kannst. Du könntest übrigens ruhig ein bisschen freundlicher zu Sandro sein, sonst hält er dich noch für eine arrogante Kuh.«
Marie unterhielt sich angeregt mit Hubertus, der während-

dessen jede Menge Fotos von ihr schoss. Die beiden schienen sich blendend zu verstehen. Kim schloss die Augen und döste in ihrem Liegestuhl vor sich hin. Die Sonne machte sie träge, außerdem war die Reise anstrengend gewesen.

Als Sandro zurückkam, um die Getränke und den Kuchen zu bringen, setzte sich Kim auf. Sie beschloss, Franzis Rat zu befolgen. Es war nicht fair, unfreundlich zu Sandro zu sein, nur weil sie selbst unsicher war.

»Super!« Kim lächelte Sandro zu. »Ich bin kurz vorm Verdursten.« Als Sandro ihr das Mineralwasser reichte, berührten sich kurz ihre Finger. Es war, als würde Kim einen Stromschlag bekommen. Schnell zog sie ihre Hand zurück und verschüttete dabei etwas Wasser auf ihrem Badeanzug.

»Mist!« Kim wäre am liebsten im Erdboden versunken. Warum benahm sie sich in Sandros Gegenwart eigentlich jedes Mal wie ein kompletter Idiot?

»Entschuldigung, das wollte ich nicht!« Sandro sah ehrlich bestürzt aus. »Es tut mir wahnsinnig leid.«

»Nein, nein, es war meine Schuld.« Kim stellte das Glas ab und rubbelte mit dem Handtuch an ihrem Badeanzug herum. »Ist ja zum Glück nur Wasser, das trocknet schnell wieder.«

»Ich würde das gern wiedergutmachen«, sagte Sandro. »Soll ich dir vielleicht doch ein Stück Zitronen-Tarte bringen? Auf Kosten des Hauses?«

»Nicht nötig. Aber danke für das Angebot.« Kim lächelte Sandro noch einmal zu, aber diesmal lächelte er nicht zurück.

»Kein Problem.« Sandro schien es plötzlich eilig zu haben.

Ohne auf Hubertus zu achten, der ihm zuwinkte, um noch etwas zu bestellen, drehte er sich um und verschwand mit gesenktem Kopf in Richtung Hotel.
Kim sah ihm mit gerunzelter Stirn nach. Was war denn jetzt los? Hatte sie etwas Falsches gesagt?
»Sieh mal, wer da kommt!«, zischte Franzi in diesem Moment.
Kim entdeckte das Mädchen aus der Nachbarsuite. Sie trug einen schlichten, schwarzen Badeanzug und hatte sich ein buntes Tuch wie einen Wickelrock um die Hüften geschlungen. Ihre Haare waren zu einem langen Zopf geflochten, der bei jedem Schritt auf ihrem Rücken hin und her schwang. Obwohl sie eher unauffällig gekleidet war, zog sie automatisch die Blicke der anderen Gäste auf sich. Zwei Männer, die direkt neben dem Hoteleingang saßen, beobachteten sie besonders genau. Sie schienen jeden ihrer Schritte aufmerksam zu verfolgen. Die Mutter des Mädchens sah sich unruhig um, während der Vater zu drei freien Liegestühlen hinüberging, die etwas abseits im Schatten einer Palme standen.
»Sie sieht einfach super aus«, seufzte Franzi.
Kim nickte. »So eine tolle Figur hätte ich auch gerne. Aber findest du es nicht komisch, dass ihre Eltern gar keine Badesachen anhaben?«
Die Frau hatte den grünen Hosenanzug gegen ein geblümtes Sommerkleid ausgetauscht. Der Vater des Mädchens trug immer noch den schwarzen Anzug, was zwischen den anderen Hotelgästen in Badesachen etwas lächerlich wirkte. Er setzte sich kerzengerade auf einen Liegestuhl und ließ seinen

Blick prüfend über den Pool und die Badenden schweifen. Kim hatte den Eindruck, dass er den beiden Männern neben dem Eingang unauffällig zunickte. Kannte er sie? Aber warum hatte er sie dann gerade nicht begrüßt? Er war doch direkt an ihnen vorbeigegangen.

Franzi zuckte mit den Schultern. »Vielleicht sind sie wasserscheu, so was soll's ja geben.«

Das Mädchen setzte sich gar nicht erst hin. Sie legte ihr Handtuch auf einen Liegestuhl, wickelte das Tuch von ihrer Hüfte und ging zum Pool hinüber. Mit einem eleganten Kopfsprung sprang sie ins Wasser.

»Kommst du mit?« Franzi nahm ihre Sonnenbrille ab und stand auf. »Ich brauche dringend eine kleine Abkühlung.«

Kim nickte und folgte Franzi zum Pool. Marie quatschte immer noch mit Hubertus. Kim setzte sich an den Beckenrand und ließ die Beine ins Wasser baumeln, während Franzi bereits munter drauflos kraulte. Als Kim gerade überlegte, ob sie auch eine Runde schwimmen sollte, tauchte das Mädchen mit dem Zopf direkt neben ihr auf. Sie hielt sich prustend am Beckenrand fest und strich sich das Wasser aus den Haaren. Jetzt sah sie viel entspannter aus als vorhin auf dem Balkon, auch wenn der schwermütige Ausdruck noch nicht ganz von ihrem Gesicht verschwunden war.

»Hallo«, sagte Kim spontan. Dann fiel ihr ein, dass sie ja in Frankreich war, und sie stotterte: »Äh, ich meine ... *Bonjour. Ça va?«* Sie versuchte, sich an die vielen Französischvokabeln zu erinnern, die sie in diesem Schuljahr mühsam auswendig gelernt hatte, aber ihr Kopf war wie leer gefegt.

Ein wunderschönes Lächeln erschien auf dem Gesicht des

Mädchens und verscheuchte für einen Moment die Traurigkeit aus ihren Augen. »Hallo, ich bin Zara.«
»Du sprichst Deutsch, ein Glück!« Kim seufzte erleichtert. »Mein Französisch ist leider nicht besonders gut. Ich bin Kim. Und das sind meine Freundinnen Franzi und Marie.« Kim zeigte erst zu Franzis rotem Haarschopf im Wasser hinüber und dann zu Marie, die mit geschlossenen Augen in ihrem Liegestuhl lag und sich von der Sonne braten ließ, während Hubertus Fotos vom Pool und der Hotelfassade schoss. »Meine Freundinnen und ich haben die Suite neben euch.«
»Stimmt, ich hab euch auf dem Balkon gesehen.« Ein sehnsüchtiger Ausdruck erschien auf Zaras Gesicht. »Es muss toll sein, zu dritt hier Urlaub zu machen. Ich bin immer allein.«
»Wir können ja mal was zusammen unternehmen«, schlug Kim vor.
Zaras Augen verdunkelten sich wieder. »Ich weiß nicht, ob das geht …« Sie sah zu ihrem Vater hinüber, der sie keinen Moment aus den Augen gelassen hatte.
»Deine Eltern sind ziemlich streng, was?«, vermutete Kim. »Das kenne ich, meine Mutter ist auch ein totaler Kontrollfreak. Aber warum sollten sie etwas dagegen haben, wenn du dich mit uns triffst?«
Zara wollte gerade etwas sagen, da tauchte Hubertus mit seiner Kamera vor ihnen auf. »Darf ich ein paar Fotos von euch Badeschönheiten machen?« Ohne eine Antwort abzuwarten, knipste er wie wild drauflos.
»Muss das sein?« Kim kniff geblendet vom Blitzlicht die Augen zusammen.
In diesem Moment sprang Zaras Vater auf. Mit wenigen

Schritten war er bei Hubertus und packte ihn am Kragen seines T-Shirts. »*No photos!*«, sagte er bestimmt und griff nach Hubertus' Kamera.

»He, was soll das? Sind Sie verrückt geworden?« Hubertus versuchte sich zu befreien, aber er hatte nicht die geringste Chance. Zaras Vater war mindestens einen Kopf größer und wesentlich stärker als er. Er schnappte sich ohne Mühe die Kamera und drückte auf ein paar Knöpfe.

»Nicht löschen!«, rief Hubertus. »Das dürfen Sie nicht!«

Doch Zaras Vater ließ sich von Hubertus' lautstarkem Protest nicht im Geringsten beeindrucken, sondern löschte ein Foto nach dem anderen.

»Was ist denn hier los?«, fragte Franzi, die gerade angeschwommen kam. Auch die anderen Hotelgäste beobachteten inzwischen neugierig die Szene.

Kim zuckte mit den Schultern. »Weiß ich auch nicht.«

Zaras Mutter war ebenfalls aufgesprungen. Sie lief eilig zum Pool und winkte Zara, sofort aus dem Wasser zu kommen. Zara schüttelte den Kopf. Ihre Mutter trat an den Beckenrand und zischte ein paar scharf klingende Worte, die Kim leider nicht verstand.

Zara kniff die Lippen zusammen und wandte sich an Kim. »Tut mir leid, ich muss gehen. Vielleicht sehen wir uns später.« Als sie aus dem Becken stieg, griff ihre Mutter sofort nach ihrem Arm und zog sie ins Hotel. Zaras Vater gab Hubertus die Kamera zurück und verschwand ebenfalls im Gebäude. Die anderen Gäste schüttelten ratlos die Köpfe, bevor sie ihre Unterhaltungen fortsetzten.

Nur Hubertus starrte immer noch fassungslos auf seine Kamera. »Alle Fotos gelöscht! Einfach so! Der Typ hat sie doch nicht mehr alle!«

»Nimm's nicht so schwer«, versuchte Marie ihn zu trösten. »Du kannst mich gerne noch mal fotografieren, wenn du möchtest.« Sie setzte sich auf ihrem Liegestuhl in Position, aber Hubertus schien die Lust am Fotografieren vergangen zu sein. Er schnappte sich sein Handtuch und verließ wie ein begossener Pudel den Poolbereich.

Marie sah ihm verdutzt nach. Es passierte nicht oft, dass sie von einem männlichen Verehrer einfach sitzen gelassen wurde. Dann stand sie auf und ging zu Kim und Franzi hinüber. »Wisst ihr, was hier abgeht?«

Kim schüttelte den Kopf. »Keine Ahnung. Aber eins weiß ich ganz genau: Mit Zara und ihrer Familie stimmt was nicht.« Sie erzählte von dem kurzen Gespräch mit Zara. »Da ist was faul, hundertprozentig. Warum führen sich ihre Eltern so merkwürdig auf? Sie benehmen sich ja wie Gefängniswärter. Übrigens wurde Zara auch von den beiden Männern dahinten beobachtet.« Kim nickte zum Hoteleingang hinüber, aber die Liegestühle waren leer. »Nanu, wo sind sie denn?« Kim sah sich um, konnte die Männer aber nirgendwo entdecken.

»Die Sache klingt wirklich komisch«, stellte Franzi fest. »Vielleicht sollten wir noch mal mit Zara reden, um mehr herauszubekommen und ihr notfalls unsere Hilfe anzubieten.«

»Dazu müssten wir erst mal an sie herankommen«, sagte Marie. »Und das scheint ja nicht so einfach zu sein. Hat jemand eine Idee?«

Kim dachte angestrengt nach, als sie plötzlich etwas Glit-

zerndes neben Marie am Beckenrand entdeckte. »Was ist denn das?« Sie griff danach und hielt es hoch. Es war ein schmales, goldenes Kettchen mit einem herzförmigen Anhänger. Auf dem Herz funkelte ein durchsichtiger Edelstein.
»Ein Fußkettchen!«, rief Marie. Sie betrachtete das Schmuckstück genauer. »Mit einem echten Diamanten, wenn mich nicht alles täuscht. Das Ding ist bestimmt ein kleines Vermögen wert.«
»Jemand muss es verloren haben. Wir sollten es an der Hotelrezeption abgeben«, schlug Franzi vor.
»Nein, das sollten wir nicht«, sagte Kim ruhig.
Franzi und Marie starrten sie verdutzt an.
»Und warum nicht?«, fragte Franzi.
»Weil wir das Fußkettchen seiner rechtmäßigen Besitzerin zurückgeben sollten«, erklärte Kim.
Marie zog eine Augenbraue hoch. »Du weißt, wem es gehört?«
Kim nickte. »Es gehört Zara. Ich habe es vorhin bemerkt, als sie ins Wasser gesprungen ist. Damit hätte sich auch das Problem gelöst, wie wir an sie herankommen.«
Ein breites Grinsen erschien auf Franzis Gesicht. »Stimmt! Das Fußkettchen ist der perfekte Vorwand, um an ihrer Suite zu klopfen. Sollen wir uns schnell umziehen und das sofort erledigen?«
»Gute Idee.« Marie stand auf. »Ich kann's kaum erwarten, Zara endlich persönlich kennenzulernen.«

Heimlicher Hilferuf

Eine Viertelstunde später standen die drei !!! vor Zaras Suite.
»*Showtime!*« Marie hob die Hand und klopfte.
Eine Weile passierte gar nichts. Dann öffnete sich die Tür einen Spaltbreit und Zaras Vater erschien. Er musterte die Mädchen misstrauisch.
»*Yes?*«, fragte er mit seiner tiefen Stimme.
»Entschuldigen Sie bitte die Störung«, sagte Kim höflich. »Wir würden gerne mit Zara sprechen. Ist sie da?«
Zaras Vater schüttelte entschieden den Kopf. »*No!*«
Doch in diesem Moment tauchte Zara hinter ihrem Vater auf. Sie strahlte über das ganze Gesicht, als sie die drei !!! erkannte.
»Hallo!« Kim hielt die goldene Kette hoch. »Die hast du am Pool verloren. Wir wollten sie zurückbringen.«
»Meine Fußkette!«, jubelte Zara. Sie drängte sich an ihrem Vater vorbei und nahm Kim das Schmuckstück aus der Hand. »Vielen Dank! Ich hab sie schon vermisst. Sie bedeutet mir sehr viel, wisst ihr.«
»Keine Ursache«, sagte Kim.
»Kommt doch rein!« Zara griff nach Kims Arm und wollte sie über die Türschwelle ziehen, aber ihr Vater schüttelte stumm den Kopf. Zara begann, in einer fremden Sprache auf ihn einzureden, bis er schließlich nachgab und die Tür widerstrebend freigab. Neugierig betraten die drei !!! die Suite.
»Wow!« Kim sah sich beeindruckt um. »Eure Suite ist ja noch größer als unsere.«

»Setzt euch doch.« Zara deutete auf ein großes Ledersofa und die drei !!! nahmen nebeneinander Platz. »Mögt ihr Tee?«
»Gerne.« Kim, Franzi und Marie nickten.
Zara ließ sich auf einen Sessel fallen, während ihr Vater zur Küchenzeile ging und dampfenden Tee aus einer silbernen Kanne in vier Tassen goss. Er stellte die Tassen auf den Tisch und bezog hinter Zaras Sessel Position, ohne die drei !!! auch nur eine Sekunde aus den Augen zu lassen. Er wirkte wie ein stummer Wächter, dem nichts entgeht. Ein unbehagliches Schweigen breitete sich aus.
Kim trank einen Schluck Tee. Er war heiß, würzig und sehr süß. Sie mussten irgendwie ein Gespräch in Gang bringen, sonst würden sie garantiert nichts herausfinden. Kim stellte die Tasse zurück auf den Tisch und räusperte sich. »Wie lange macht ihr hier Urlaub?«
Zara zuckte mit den Schultern. »Ich weiß nicht so genau. Drei oder vier Wochen vielleicht, das kommt darauf an.«
»Musst du gar nicht zur Schule?«, fragte Marie. »Oder habt ihr so lange Ferien? Woher kommst du eigentlich?«
»Von sehr weit her.« Zara seufzte. »Mein Land ist so klein, dass ihr bestimmt noch nie davon gehört habt. Ich habe einen Privatlehrer, darum kann ich Ferien machen, wann ich will.«
»Cool!«, rief Franzi. »Du bist echt zu beneiden.«
Zara runzelte die Stirn. »Ich weiß nicht. Manchmal wäre ich viel lieber in einer normalen Schule, zusammen mit anderen Schülern. Das stelle ich mir total lustig vor.«
Franzi verzog das Gesicht. »Na ja, geht so. Ehrlich gesagt könnte ich locker darauf verzichten.«

»Du sprichst super Deutsch«, sagte Kim. »Wo hast du das gelernt? Bei deinem Privatlehrer?«
Zaras Gesicht wurde weich. »Nein, bei Elisabeth, meinem deutschen Kindermädchen. Sie hat sich um mich gekümmert, seit ich ein kleines Mädchen war. Leider ist sie letztes Jahr nach Deutschland zurückgekehrt, um zu heiraten. Ich vermisse sie schrecklich.«
»Du hast nicht nur einen Privatlehrer, sondern auch ein eigenes Kindermädchen?« Marie sah beeindruckt aus. »Deine Eltern müssen ganz schön reich sein. Was macht dein Vater denn beruflich?«
In diesem Moment betrat Zaras Mutter die Suite. Als sie die drei !!! entdeckte, wurde ihr Gesicht so starr wie eine Maske. Wütend fuhr sie ihren Mann an, der abwehrend die Hände hob.
Zara sprang auf, hielt das goldene Fußkettchen hoch und redete beschwörend auf ihre Mutter ein. Kim hätte zu gern verstanden, worum es ging. Passte es Zaras Mutter nicht, dass ihre Tochter Freundschaft mit Gleichaltrigen schloss? Oder waren die drei !!! ihrer Meinung nach nicht der richtige Umgang für Zara?
Schließlich schnitt Zaras Mutter ihrer Tochter und ihrem Mann mit einer energischen Handbewegung das Wort ab. Zara war den Tränen nahe. Sie starrte ihre Mutter so wütend an, als würde sie ihr am liebsten an die Gurgel springen. Dann drehte sie auf dem Absatz um und rannte in ein Nebenzimmer.
Das Lächeln, mit dem sich Zaras Mutter nun an die drei !!! wandte, wirkte künstlich und aufgesetzt. »Vielen Dank für

eure Hilfe«, sagte sie mit einem starken Akzent. »Das war wirklich sehr nett. Aber jetzt müsst ihr gehen. Auf Wiedersehen!« Ihr Deutsch klang hart und sie betonte jede einzelne Silbe.

Mit betretenen Mienen standen die drei !!! auf. Kim konnte es einfach nicht glauben, dass Zaras Mutter sie einfach so rausschmiss. Die Frau wurde ihr immer unsympathischer. Als sie die Suite gerade verlassen wollten, tauchte Zara wieder auf. Ihre Augen waren gerötet. Sie sah aus, als hätte sie geweint.

»Wartet!«, rief sie. »Ich möchte mich noch von euch verabschieden.«

Unter den Argusaugen ihrer Eltern sagte sie erst Marie, dann Franzi und schließlich Kim auf Wiedersehen. Kims Hand drückte sie eine Sekunde länger als die Hände der anderen und sah ihr dabei bedeutungsvoll in die Augen. Kim verstand erst nicht, warum, bis sie etwas Glattes, Festes in ihrer Hand spürte. Was war das? Ein zusammengefalteter Zettel? Kim öffnete den Mund und schloss ihn wieder.

»Auf Wiedersehen«, sagte Zara und ließ Kims Hand endlich los. Kim schloss ihre Finger möglichst unauffällig um den Zettel. Zaras Eltern schienen nichts bemerkt zu haben. Ihre Mutter schob die drei !!! auf den Flur hinaus und die Tür fiel hinter ihnen ins Schloss.

Marie schüttelte den Kopf, als die drei !!! wieder in ihrer Suite waren. »Ich fass es nicht! Schmeißt uns die Frau einfach raus! Das ist echt unhöflich.«

»Und herausgefunden haben wir auch nichts.« Franzi ließ sich aufs Sofa fallen. »Die ganze Aktion war völlig sinnlos.«

»Das würde ich nicht sagen.« Kim öffnete ihre Hand, in der tatsächlich ein winzig klein zusammengefalteter Zettel lag. Marie runzelte die Stirn. »Was ist das?«
»Eine geheime Botschaft von Zara.« Hastig faltete Kim den Zettel auseinander. Er war offenbar aus einem Notizbuch herausgerissen worden. In schwarzen, schön geschwungenen Buchstaben stand dort:

Helft mir!!! Kommt morgen um 9.00 Uhr in den Wellness-Bereich. Dort werde ich Euch alles erklären. Ihr seid meine einzige Hoffnung!
Zara

Kim ließ den Zettel sinken. Ihr Gefühl hatte sie nicht getrogen. Zara steckte tatsächlich in Schwierigkeiten.
»Ein Hilferuf«, stellte Franzi verblüfft fest. »Und was machen wir jetzt?«
»Zara beistehen natürlich.« Kim machte ein entschlossenes Gesicht. »Wir können sie nicht im Stich lassen.«
»Was wohl mit ihr los ist?«, überlegte Marie. »Die Nachricht klingt ja total verzweifelt.«
»Es gibt nur einen Weg, um das herauszufinden«, sagte Kim. »Wir müssen morgen früh um neun Uhr im Wellness-Bereich sein und uns Zaras Geschichte anhören.«

Detektivtagebuch von Kim Jülich
Ostermontag, 18:25 Uhr

Wir haben einen neuen Fall! Zumindest sieht alles danach aus. Typisch – wenn man überhaupt nicht damit rechnet, ist es plötzlich so weit. Dabei haben wir hier im Urlaub nicht einmal unsere Detektivausrüstung dabei. Aber vielleicht kommen wir diesmal ja auch ohne Fingerabdruckset, Abhöranlage und Taschenlampe aus.

Ein mysteriöses Mädchen namens Zara hat uns um Hilfe gebeten. Sie sieht aus wie eine Prinzessin aus einem orientalischen Märchen. Wir wissen noch nicht genau, worum es geht, werden aber morgen hoffentlich nähere Einzelheiten erfahren. Ich kann's kaum erwarten!

Ich habe das Gefühl, dass Zara in großer Gefahr schwebt. Hoffentlich können wir ihr helfen …

Geheimes Tagebuch von Kim Jülich
Montag, 18:33 Uhr

Achtung: Lesen für Unbefugte (alle außer Kim Jülich) streng verboten! Das gilt auch für euch, Marie und Franzi, falls ihr das Tagebuch zufällig unter meinem Kopfkissen finden solltet. Und für sämtliche Zimmermädchen, Raumpflegerinnen und Hotelboys (für Letztere ganz besonders).

Hilfe, was geschieht mit mir? Sandros braune Augen gehen mir einfach nicht mehr aus dem Kopf. Ich muss die ganze Zeit an ihn denken. Dabei liebe ich doch Michi! Soll ich trotzdem mit Sandro flirten? Michi würde es nie erfahren … Nein, nein, nein! Ich bin doch nicht Marie! Sie flirtet locker mit mehreren Jungs gleichzeitig, aber ich kann das nicht. Treue und Vertrauen

sind für mich das Wichtigste in einer Beziehung. Michi vertraut mir und ich will ihn nicht enttäuschen. Also werde ich Sandro vergessen – auch wenn er mich noch so süß anlächelt!
Mist! Gerade fällt mir ein, dass ich Michi noch gar keine SMS geschrieben habe. Dabei hab ich ihm doch fest versprochen, mich jeden Tag zu melden. Ich werde das sofort nachholen. Und danach muss ich mich umziehen. Unser Hotel ist so vornehm, dass man nicht in normalen Klamotten zum Abendessen erscheinen darf, sondern sich extra chic machen muss. Wahnsinn, oder?! Na ja, Hauptsache, das Essen ist gut, ich hab nämlich einen Mordshunger!

»*Bonsoir, Monsieur, bonsoir, Mesdemoiselles!*« Ein Mann in schwarzem Anzug und mit dezenter hellgrauer Krawatte kam lächelnd auf Herrn Grevenbroich und die drei !!! zu, als sie den Speisesaal betraten.
Während Maries Vater etwas auf Französisch erwiderte, sah sich Kim mit großen Augen um. Das abendliche Menü wurde im Goldenen Saal serviert, und dieser Name passte einfach perfekt. Der Saal war riesig und hatte eine hohe Decke, die mit verschlungenen Malereien verziert war. Pausbackige Engel, nackte Götter, grinsende Teufel und sich windende Schlangen sahen auf Kim hinab. Rechts und links von den drei !!! standen vergoldete Säulen, die dem Saal seinen Namen gegeben hatten. An den Wänden hingen große Spiegel, in denen sich die Säulen unendlich oft aneinanderreihten, wodurch der Raum noch größer wirkte. Die Tische waren mit schneeweißen Tischtüchern und weißem Porzellan gedeckt. Das Besteck funkelte im Schein der Kerzen, die in

massiven Silberleuchtern auf den Tischen standen. An den meisten Tischen hatten sich bereits Hotelgäste niedergelassen, unterhielten sich gedämpft oder prosteten sich mit ihren Weingläsern zu. Alle Männer trugen Anzüge und die Frauen tief ausgeschnittene Abendkleider aus glänzenden Stoffen. An den Ohren der Damen baumelten wertvolle Ohrringe und ihre Dekolletés waren mit Perlenketten oder Diamant-Colliers geschmückt.

Kim zupfte an ihrem schlichten, hellblauen Sommerkleid herum. Oben in der Suite war sie mit ihrem Aussehen noch ganz zufrieden gewesen, aber jetzt kam sie sich völlig fehl am Platz vor. Das war einfach nicht ihre Welt.

Franzi schien es ähnlich zu gehen. Sie betrachtete mit gerunzelter Stirn die anderen Gäste. »Du meine Güte, die Leute hier sind ja total aufgetakelt!«, sagte sie halblaut zu Kim. »Das ist doch kein königlicher Ball, sondern nur ein stinknormales Abendessen.«

Kim musste grinsen und fühlte sich gleich etwas besser. Herr Grevenbroich ließ sich von dem Mann im schwarzen Anzug an einen freien Tisch führen. Die drei !!! folgten ihnen. Hubertus, der an einem Einzeltisch am Fenster saß, winkte Marie zu. Marie nickte huldvoll zurück. Sie hatte ihm noch nicht ganz verziehen, dass er vorhin am Pool nach der missglückten Fotoaktion einfach abgehauen war.

»Ist das ein Kollege deines Vaters?« Franzi nickte zu dem Mann im schwarzen Anzug hinüber.

Marie machte ein verdutztes Gesicht, dann prustete sie los. »Quatsch! Das ist der *Chef de Rang*.«

Franzi runzelte die Stirn. »Der was?«

»Der Oberkellner«, übersetzte Kim.
»So kann man es auch nennen.« Marie ließ sich elegant an dem Tisch nieder, den der *Chef de Rang* ihnen zugewiesen hatte. Die vornehme Umgebung schien sie kein bisschen einzuschüchtern. Im Gegenteil, sie war völlig in ihrem Element. Kein Wunder – im Gegensatz zu Franzi und Kim war das schließlich nicht ihr erster Urlaub in einem Hotel der Luxusklasse. In ihrem schwarzen Abendkleid und mit der komplizierten Hochsteckfrisur sah sie einfach umwerfend aus – wie ein echter Filmstar.
Einer der Kellner servierte den ersten Gang, während der *Chef de Rang* Herrn Grevenbroich eine Weinflasche präsentierte. Kims Magen knurrte, als sie die winzige Salatportion auf ihrem Teller betrachtete. Die einzelnen Blätter waren kunstvoll zu einem kleinen Stillleben arrangiert, das von einer Erdbeere gekrönt wurde. Kim bezweifelte, dass sie davon satt werden würde. Aber zum Glück gab es ja noch vier weitere Gänge.
»Guten Appetit«, wünschte Herr Grevenbroich.
Kim starrte hilflos auf die drei Gabeln, die neben ihrem Teller lagen. Welche war für den Salat bestimmt? Sie schielte zu Marie hinüber, die bereits nach der äußersten Gabel gegriffen hatte und sich eine Portion Salat in den Mund schob – natürlich ohne auch nur im Geringsten mit der Soße zu kleckern.
»Man benutzt das Besteck immer von außen nach innen«, nuschelte Marie wenig vornehm mit vollem Mund, nachdem sie Kims Blick bemerkt hatte. Kim nickte dankbar und begann ebenfalls zu essen.

»Ich habe vorhin einen wunderbaren Strandspaziergang gemacht«, erzählte Herr Grevenbroich. »Und zum Abschluss ein Bad im Meer genommen. Das Wasser ist noch ziemlich kühl, aber sehr erfrischend. Ich fühle mich wie neugeboren! Und wie habt ihr den Nachmittag verbracht?«
Die drei !!! wechselten einen Blick. Sie hatten beschlossen, Maries Vater nichts von ihrem neuen Fall zu erzählen, um die Ermittlungen nicht zu verkomplizieren. Herr Grevenbroich war zwar ziemlich locker und ließ Marie viele Freiheiten, aber sie wollten kein Risiko eingehen.
»Wir waren am Pool und haben ein bisschen in der Sonne gelegen«, berichtete Marie.
»Es ist wirklich super hier«, sagte Kim.
Franzi nickte. »Ganz große Klasse.«
»Das freut mich.« Herr Grevenbroich trank einen Schluck Wein. »Ich werde leider nicht viel Zeit für euch haben. Morgen früh um sieben beginnen die Dreharbeiten in einem kleinen Dorf hier in der Nähe. Sie dauern den ganzen Tag. Aber ich versuche, zum Abendessen wieder im Hotel zu sein.«
»Keine Sorge, uns wird bestimmt nicht langweilig«, versicherte Marie. »Du kannst beruhigt zum Set fahren.«
Kim ließ ihren Blick unauffällig durch den Saal schweifen. Ob Sandro beim Abendessen servierte? Aber als Hotelboy hatte er vermutlich andere Aufgaben. Warum dachte sie überhaupt schon wieder an ihn? Sie hatte doch beschlossen, ihn aus ihrem Kopf zu verbannen! In diesem Moment entdeckte sie Zara und ihre Eltern an einem Tisch ganz hinten im Saal. Sie saßen etwas versteckt in einer kleinen Nische.

Wollten sie einfach nur ihre Ruhe haben oder schotteten sie sich bewusst von den restlichen Gästen ab? Als Zara sich vorbeugte, um nach dem Salzstreuer zu greifen, konnte Kim kurz ihr Gesicht sehen. Ihre Lippen waren zusammengekniffen. Sie sah blass, angespannt und ziemlich unglücklich aus. Franzi hatte sie ebenfalls entdeckt. »Dahinten ist Zara!«, flüsterte sie, als der Kellner die Salatteller abräumte.

Kim nickte. Dann erstarrte sie. Am Tisch direkt neben der Nische saßen die beiden Männer, die Zara am Pool beobachtet hatten! Es war kein Zweifel möglich, Kim erkannte sie hundertprozentig wieder. Auf den ersten Blick wirkten sie wie normale Hotelgäste, aber irgendetwas kam Kim merkwürdig vor. Und nach einer Weile wusste sie auch, was. Die Männer unterhielten sich nicht. Sie sprachen kein Wort miteinander, während sie mechanisch ihren Salat in sich hineinstopften. Der eine ließ Zara nicht aus den Augen, während der andere den Eingang des Saals zu beobachten schien.

Kim runzelte die Stirn. Diese Männer waren keineswegs harmlose Touristen, so viel war klar. Aber wer waren sie dann?

Zaras Geschichte

Am nächsten Morgen betraten die drei !!! um Punkt neun Uhr den Wellnessbereich, der sich im Souterrain des Hotels befand.
Durch eine Glastür gelangten die Detektivinnen in eine große Halle mit hell gefliestem Boden. An der Wand befand sich ein farbenprächtiges Mosaik, das offenbar den Palmengarten darstellen sollte, und in der Mitte plätscherte ein Springbrunnen, auf dessen Wasseroberfläche rosafarbene Blütenblätter schwammen. Im Hintergrund lief eine CD mit leiser Entspannungsmusik.
Zara wartete bereits auf sie. Sie stand in einen langen, weißen Bademantel gehüllt neben dem Springbrunnen und trat nervös von einem Fuß auf den anderen. Als sie die drei !!! erblickte, hellte sich ihre Miene auf.
»Da seid ihr ja!« Ihr Lächeln war so herzlich, dass Kim automatisch ebenfalls lächeln musste. »Vielen, vielen Dank, dass ihr gekommen seid! Ihr könnt euch gar nicht vorstellen, wie viel mir das bedeutet.«
»Kein Problem«, sagte Marie.
»Wenn jemand unsere Hilfe braucht, sind wir sofort zur Stelle«, fügte Franzi hinzu.
»Wir sind Detektivinnen«, erklärte Kim und zog eine Visitenkarte aus der Tasche ihres Bademantels.
Überrascht nahm Zara die Visitenkarte entgegen und las den kurzen Text:

Die drei !!!

Detektivinnen

Kim Jülich
Franziska Winkler
Marie Grevenbroich

Wir lösen jeden Fall!

Kontakt: siehe Rückseite

Zara ließ die Karte sinken und sah die drei !!! verblüfft an. »Ihr seid richtige Detektivinnen?«
Franzi, Kim und Marie nickten. »Wir haben schon siebzehn Fälle gelöst«, berichtete Franzi stolz.
»Und einige davon waren ganz schön verzwickt«, fügte Marie hinzu.
»Du siehst also, dass wir jede Menge Erfahrung haben«, sagte Kim. »Was auch immer dein Problem ist, wir werden dir helfen.«
»Worum geht es eigentlich genau?«, wollte Franzi wissen.
Zara sah sich schnell um, als hätte sie Angst, jemand könnte hinter dem Springbrunnen hocken und sie belauschen. Aber um diese morgendliche Uhrzeit ging noch niemand in die Sauna. Die anderen Hotelgäste schliefen wahrscheinlich noch oder ließen sich die Köstlichkeiten des fulminanten Frühstücksbuffets schmecken. Die vier Mädchen waren allein im Wellnessbereich. Trotzdem ging Zara zur Dampfsauna hinüber und winkte den anderen, ihr zu folgen. Kim schlüpfte aus ihren Badelatschen, hängte ihren Bademantel an einen Haken neben der Tür und wickelte sich in

ein großes Handtuch, bevor sie die Sauna betrat. Dampfschwaden waberten ihr entgegen. Sie waren so dicht, dass man kaum etwas sehen konnte. An den gefliesten Wänden liefen Wassertropfen hinab und irgendwo plätscherte es. Kim begann sofort zu schwitzen. Sie ging nicht gerne in die Sauna, weil sie befürchtete, wegen ihrer Platzangst eine Panikattacke zu bekommen. Auch jetzt spürte sie, wie sich ihr Herzschlag in dem kleinen, vom Dampf erfüllten Raum augenblicklich beschleunigte. Als sich die Tür hinter ihnen schloss, begannen ihre Hände zu zittern. Doch Kim biss die Zähne zusammen und versuchte, ruhig zu bleiben. Sie war fest entschlossen, die aufsteigende Panik diesmal zurückzudrängen.

Zara ließ sich auf einer steinernen Bank nieder. Kim setzte sich mit weichen Knien neben sie, Franzi und Marie nahmen auf Zaras anderer Seite Platz.

»Hier sind wir hoffentlich ungestört«, sagte Zara. »Was ich euch jetzt erzähle, darf niemand sonst wissen. Es muss absolut geheim bleiben, versteht ihr?« Zara sah die drei !!! der Reihe nach eindringlich an. Dann fügte sie hinzu: »Mein Leben hängt davon ab.«

Kim spürte, wie sie trotz der dampfigen Hitze in der Sauna eine Gänsehaut bekam. Sie hatte plötzlich einen Kloß im Hals und räusperte sich. »Erzähl uns am besten der Reihe nach, was passiert ist.«

»Okay.« Zara holte tief Luft. »Ich bin Prinzessin Zara Yasmin, einzige Tochter des Sultans von Dorisien.«

Kim schnappte nach Luft. Vor Überraschung bekam sie keinen Ton heraus.

Franzi schüttelte ungläubig den Kopf. »Du willst uns erzählen, dass du eine echte Prinzessin bist?«
Zara nickte.
»Genau wie in *1001 Nacht*«, murmelte Kim. Sie hatte mit ihrem allerersten Eindruck also gar nicht so falschgelegen.
»Hast du auch eine Krone?« Marie strich sich eine feuchte Haarsträhne aus der Stirn.
»Ja, aber die trage ich nur zu besonderen Anlässen«, antwortete Zara, als wäre das völlig selbstverständlich.
»Aha.« Kim konnte es immer noch nicht fassen. »Wie ... wie sollen wir dich denn jetzt anreden? Königliche Hoheit? Oder Majestät?« Es kam ihr irgendwie unpassend vor, weiterhin mit Zara zu sprechen wie mit einem normalen Mädchen.
Zara verzog das Gesicht. »Bloß nicht! Sagt bitte einfach weiterhin Zara zu mir.«
Franzi hatte sich als Erste von der überraschenden Neuigkeit erholt. »Wo liegt Dorisien?«, fragte sie. »Ehrlich gesagt habe ich noch nie von einem Land mit diesem Namen gehört. Ihr etwa?« Sie sah zu Kim und Marie, die beide die Köpfe schüttelten.
»Dorisien ist ein winzig kleines Land.« Zara lächelte beinahe entschuldigend. »Es liegt in Asien und ist ungefähr so groß wie Monaco.«
»Und dein Vater ist tatsächlich Sultan?« Kim musste daran denken, wie Zaras Vater ihnen in der Suite Tee serviert hatte. »Irgendwie hatte ich mir einen Sultan ganz anders vorgestellt.«
Zara schüttelte den Kopf. »Es ist nicht so, wie ihr denkt. Der, den ihr für meinen Vater haltet, ist in Wirklichkeit der

persönliche Leibwächter meines Vaters. Er heißt Ali und soll auf mich aufpassen. Und die Frau, die ihr für meine Mutter haltet, ist meine Tante Selma, die Schwester meines Vaters. Meine Mutter ist schon lange tot, ich kann mich kaum an sie erinnern.« Sie seufzte, als sie die verwirrten Gesichter der drei !!! sah. »Am besten fange ich ganz von vorne an. Mein Vater herrscht bereits seit vielen Jahren über Dorisien. Doch vor sechs Monaten hat sein Cousin, Scheich Achmed, offiziell Anspruch auf die Krone erhoben. Er hält sich für den rechtmäßigen Herrscher und will meinen Vater vom Thron stoßen. Seitdem herrscht ein erbitterter Kampf zwischen den beiden. In den letzten Wochen hat sich die Situation dramatisch zugespitzt. Scheich Achmed hat immer mehr Anhänger um sich geschart und die Stimmung im Land droht zu seinen Gunsten zu kippen.«
Kim beugte sich gespannt vor. »Und was ist dann passiert?«
»Mein Vater hatte Angst, Achmed könnte mich entführen lassen und als Druckmittel im Kampf um die Krone benutzen.« Zaras Stimme klang plötzlich bitter.
»Was?«, rief Franzi empört. »Aber du hast doch mit diesem blöden Streit gar nichts zu tun! Außerdem entführt man nicht jemanden aus seiner eigenen Familie, nur um mehr Macht zu bekommen!«
Zara senkte den Kopf. Selbst durch den Dunstschleier, der sie umgab, konnte Kim erkennen, dass ihr Gesicht sehr traurig aussah. »Doch, Onkel Achmed würde so etwas tun. Er würde alles tun, um an Macht zu gewinnen, genau wie mein Vater.« Sie hob den Kopf und sah die drei !!! düster an. »Sogar über Leichen gehen.«

Kim sog scharf die Luft ein. Es war, als würde ein eiskalter Hauch durch das Dampfbad wehen. Sie fröstelte und zog das Handtuch enger um sich.

»Darum hat mein Vater mich ins Ausland geschickt«, erklärte Zara. »Wir sind inkognito hier. Niemand darf wissen, wer ich wirklich bin, sonst könnte das sehr gefährlich für mich werden. Angeblich hat Onkel Achmed schon seine Leute auf mich angesetzt. Ali und Tante Selma sind für meinen Schutz zuständig. Sie sollen auf mich aufpassen.« Zara seufzte. »Und das machen sie wirklich sehr gut. Sie lassen mich keine Sekunde aus den Augen. Tante Selma hat sogar die Balkontür in meinem Zimmer abgeschlossen und den Schlüssel versteckt, stellt euch das mal vor!«

Kim fiel ein, wie der massige Leibwächter, den sie für Zaras Vater gehalten hatte, Zara gestern am Pool die ganze Zeit beobachtet hatte. Und wie ihre Tante dafür gesorgt hatte, dass sie keinen Kontakt zu den anderen Hotelgästen aufnehmen konnte – zum Beispiel zu den drei !!!. Plötzlich fiel ihr etwas ein. »Sag mal, hast du dein Fußkettchen etwa absichtlich am Pool verloren?« Kim warf Zara einen neugierigen Blick zu. »Um uns einen Vorwand zu liefern, an eurer Suite zu klopfen?«

»Schon möglich.« Zara lachte leise. »Ali und Selma haben ihre Tricks und ich habe meine. Wenn Tante Selma wüsste, dass wir uns hier gerade unterhalten, würde sie auf der Stelle tot umfallen.«

»Wo steckt sie eigentlich?« Franzi sah sich um, als könnte Zaras Tante jeden Moment aus dem Dunst auftauchen. »Sie hat dich doch bestimmt nicht einfach so gehen lassen, oder?«

Zara schüttelte den Kopf. »Natürlich nicht. Sie ist nebenan und lässt sich massieren. Das ist eine ihrer wenigen Leidenschaften. Einer guten Massage kann sie einfach nicht widerstehen. Ich habe ihr zu einer Ganzkörper-Aromaöl-Massage mit anschließender Schlammpackung geraten. Die dauert über zwei Stunden.« Zara kicherte. »Wer hätte gedacht, dass sich Tante Selmas Massage-Tick einmal als so nützlich erweisen würde?«

»Nicht schlecht.« Kim musste ebenfalls grinsen. »Aber eins ist mir immer noch nicht klar: Wie können wir dir helfen? Ehrlich gesagt erscheint es mir sehr sinnvoll, dass deine Tante und dieser Leibwächter rund um die Uhr auf dich aufpassen. Und an dem Streit zwischen deinem Vater und seinem Cousin können wir sicher auch nichts ändern.«

»Ich habe euch noch nicht alles erzählt.« Zara zeigte auf das goldene Fußkettchen, das an ihrem Knöchel baumelte. »Wisst ihr, warum mir dieses Fußkettchen so wichtig ist?« Die drei !!! schüttelten die Köpfe. »Weil Farid es mir geschenkt hat.«

»Wer ist Farid?«, fragte Kim, obwohl sie sich die Antwort beinahe denken konnte. Der helle Glanz, der plötzlich in Zaras Augen trat, sprach Bände.

»Farid ist mein Freund«, antwortete sie schlicht. »Ich liebe ihn mehr als mein Leben.«

»Wow, das ist ja toll!« Marie lächelte Zara zu. »Es ist schließlich gar nicht so leicht, seinen Traummann zu finden. Du musst total glücklich sein. Und wo liegt das Problem?«

Zaras Miene verdüsterte sich wieder. »Farid ist Scheich Achmeds Sohn.«

Das Lächeln verschwand von Maries Gesicht. »Wie bitte?«
»Das gibt's doch nicht!«, rief Franzi. »So ein Mist!«
»Du Ärmste.« Kim sah Zara voller Mitgefühl an. »Heißt das, ihr dürft euch jetzt nicht mehr sehen?«
Zara schluckte. »Farid und ich sind schon seit über einem Jahr zusammen. Erst hatten unsere Väter nichts dagegen, aber seit sie um den Thron kämpfen, hat sich das geändert. Sie haben uns verboten, einander zu sehen.« Ihre Stimme zitterte verdächtig.
»Das ist ja fast wie bei *Romeo und Julia.*« Kim schüttelte den Kopf. »Es muss schrecklich für euch sein!«
»Allerdings.« Zara seufzte. »In Dorisien haben wir uns noch ein paarmal heimlich getroffen, auch wenn es sehr schwierig war, unsere Leibwächter an der Nase herumzuführen. Aber seit mein Vater beschlossen hat, mich ins Exil zu schicken, hatte ich keinen Kontakt mehr zu Farid – bis gestern.«
»Er hat sich bei dir gemeldet?«, fragte Franzi aufgeregt. »Woher wusste er denn, wo du bist? Ihr seid doch inkognito unterwegs!«
Zara zuckte mit den Achseln. »Keine Ahnung. Er muss es irgendwie herausbekommen haben. Auf jeden Fall ist er mir nachgereist. Er versteckt sich in einer alten Fischerhütte irgendwo hier in der Nähe und will sich heute Nacht mit mir treffen.«
»Jetzt verstehe ich …« Kim konnte sich allmählich denken, wofür Zara ihre Hilfe brauchte.
Zara sah die drei !!! flehend an. »Ich muss Farid unbedingt sehen! Aber allein schaffe ich es nicht, unbemerkt aus der Suite zu kommen.«

Marie nickte. »Keine Sorge, wir helfen dir.«
Zara lächelte. »Danke! Das ist wahnsinnig nett von euch.«
»Wann und wo soll das Treffen stattfinden?«, erkundigte sich Franzi.
»Heute Nacht um ein Uhr am Strand«, antwortete Zara.
»Prima!« Kim beugte sich vor. »Dann haben wir ja noch genug Zeit für die Vorbereitungen.«

Als die drei !!! und Zara eine Viertelstunde später die Dampfsauna verließen, hatten sie einen ebenso einfachen wie genialen Plan entwickelt. Kim atmete erleichtert auf, als sie wieder in der Halle mit dem Springbrunnen stand. Sie war wahnsinnig stolz auf sich. Zum ersten Mal hatte sie es geschafft, sich länger als ein paar Minuten in einem engen, fensterlosen Raum aufzuhalten, ohne in Panik zu geraten. Vielleicht würde es ihr ja irgendwann sogar gelingen, ihre Platzangst völlig zu überwinden.
»Herrlich, so ein Dampfbad!«, seufzte Marie. »Ich fühle mich wie ein neuer Mensch. Jetzt schnell ins kalte Tauchbecken und dann ab in den Ruheraum. Kommt ihr mit?«
Franzi schauderte. »In einen Bottich mit eiskaltem Wasser kriegen mich keine zehn Pferde.«
»Und das will bei dir schon was heißen.« Marie, die sich gerne ein bisschen über Franzis Pferdetick lustig machte, kicherte. »Was ist mit dir, Kim?«
Kim schüttelte den Kopf. »Das ist nichts für mich.«
»Und ich muss jetzt leider zurück zu meiner Tante.« Zara verzog das Gesicht. »Sonst wird sie noch misstrauisch.«
»Dann bis heute Abend.« Kim lächelte Zara aufmunternd

zu. »Und mach dir keine Sorgen, es klappt bestimmt alles wie am Schnürchen.«

»Ihr seid einfach toll!« Zara warf den drei !!! eine Kusshand zu, bevor sie eilig in Richtung Massageraum verschwand.

»Sie ist echt nett«, stellte Franzi fest.

»Wer hätte gedacht, dass wir mal eine echte Prinzessin kennenlernen?«, murmelte Marie verträumt. »Das ist fast wie im Märchen …«

Kim kicherte. Doch dann blieb ihr das Lachen im Hals stecken. Direkt neben der Tür zur Dampfsauna saßen zwei Männer. Sie trugen Bademäntel und nahmen ein Fußbad. Sie taten so, als würden sie Zeitung lesen, aber Kim spürte ihre verstohlenen Blicke über den Zeitungsrand hinweg wie Nadelstiche auf der Haut. Es waren die beiden Männer, die Zara am Pool und im Speisesaal beobachtet hatten.

»Was ist los?«, fragte Franzi. »Du bist ja ganz blass.«

»Nichts«, sagte Kim schnell. In ihrem Kopf wirbelten die Gedanken durcheinander. Hatten die Männer sie etwa im Dampfbad belauscht? Wussten sie, wer Zara war? Hatten sie es auf sie abgesehen? Sie musste mit Marie und Franzi darüber reden. Doch hier war eindeutig nicht der richtige Ort dafür.

Freiheit für die Prinzessin

Am selben Abend um 21.30 Uhr begann die Aktion »Romeo und Julia«. Nach einer längeren und teils ziemlich hitzigen Diskussion hatten die drei !!! beschlossen, den Plan trotz der beiden merkwürdigen Typen in der Sauna wie geplant durchzuziehen. Kim hatte zwar ein mulmiges Gefühl bei der Sache, aber Franzi und Marie hatten sie schließlich überstimmt.

Nachdem die Mädchen beim abendlichen Fünf-Gänge-Menü von Herrn Grevenbroich mit witzigen Geschichten von seinem ersten Drehtag unterhalten worden waren, hatten sie sich unter dem Vorwand, müde vom Schwimmen im Pool zu sein, in ihre Suite zurückgezogen. Doch statt sich hinzulegen, trat Marie um kurz vor halb zehn in Schlafrock und Hausschuhen wieder auf den Flur hinaus und ging zur Nachbarsuite hinüber. Sie zerzauste sich die Haare, setzte ihr liebenswürdigstes Lächeln auf und klopfte an die Tür.

Zaras Tante öffnete. Sie sah Marie mit gerunzelter Stirn an, ohne etwas zu sagen.

Marie ignorierte Selmas unfreundlichen Gesichtsausdruck. »Guten Abend!«, zwitscherte sie. »Entschuldigen Sie bitte die späte Störung, aber ich habe eine riesengroße Bitte.«

»Zara schläft schon.« Tante Selmas Stimme war so hart wie Stahl. »Du kannst jetzt nicht zu ihr.«

»Oh nein, darum geht es auch gar nicht«, sagte Marie zuckersüß. »Es geht um die Musik.«

Zaras Tante zog eine Augenbraue hoch. »Musik? Welche Musik?«

»Es wäre wahnsinnig nett, wenn Sie sie etwas leiser stellen könnten.« Marie zauberte einen bittenden Ausdruck auf ihr Gesicht. Jetzt zahlten sich die teuren Schauspielstunden wieder aus. »Meine Freundinnen und ich können bei der lauten Musik einfach nicht einschlafen.«

»Hier gibt es keine Musik«, sagte Selma abweisend. Sie wollte die Tür wieder schließen, aber Marie schob geistesgegenwärtig ihren pinkfarbenen Plüschhausschuh in den Türspalt.

»Oh doch!«, sagte sie sanft. »Wir können durch die Wand jeden einzelnen Ton hören. Übrigens hätte ich nicht gedacht, dass Sie auf *Abba* stehen. Ich *liebe* die Popmusik der siebziger und achtziger Jahre! Mein Lieblingssong von *Abba* ist *Dancing Queen*.« Marie begann zu singen. »*You are my Dancing Queen* …« Sie trällerte den Refrain und deutete dabei einige Tanzschritte an.

Zaras Tante stand verblüfft in der Tür und betrachtete Marie, als sei sie komplett durchgeknallt. Hinter Selmas Rücken huschte Zara wie ein lautloser Schatten durch die Suite. Sie zwinkerte Marie zu und reckte den Daumen in die Höhe. Dann verschwand sie in ihrem Zimmer.

Marie beendete ihre kleine Showeinlage. »*Abba* ist einfach eine tolle Band!« Sie seufzte. »Schade, dass sie sich 1982 aufgelöst haben.«

»Wie ich schon sagte, wir hören hier keine Musik«, wiederholte Selma.

»Oh. Dann habe ich mich wohl getäuscht. Vielleicht kommt die Musik ja aus der Suite unter uns.« Marie lächelte entschuldigend. »Tut mir leid, wenn ich Sie gestört habe. Gute Nacht!«

Zaras Tante schloss die Tür, ohne sich von Marie zu verabschieden. Marie grinste in sich hinein und kehrte zufrieden vor sich hin summend zu Kim und Franzi zurück. Teil eins der Aktion »Romeo und Julia« war erfolgreich abgeschlossen.

Der zweite Teil des Befreiungsplans sollte um Mitternacht beginnen. Die drei !!! hatten alle Lichter in ihrer Suite gelöscht. Sie standen im Schatten der Markise auf dem Balkon und ließen die Nachbarsuite nicht aus den Augen. Auch dort war es dunkel und still. Nichts regte sich. Man hätte meinen können, sämtliche Bewohner lägen in tiefem Schlaf …

»Wo bleibt sie denn?«, flüsterte Kim nervös. Sie warf einen Blick auf ihre Armbanduhr. Es war fünf nach zwölf.

»Vielleicht ist sie eingeschlafen«, überlegte Franzi.

»Oder ihre Tante hat sie erwischt«, unkte Marie.

In diesem Moment regte sich etwas auf dem Nachbarbalkon. Lautlos schwang die Tür auf und eine dunkel gekleidete Gestalt erschien. Zara! Ihr schwarzes Haar schimmerte im Mondlicht. Kim trat aus dem Schatten der Markise und winkte ihr zu. Zara lächelte und für den Bruchteil einer Sekunde blitzten ihre weißen Zähne auf.

»Alles klar?«, flüsterte Kim. Zara nickte.

»Jetzt musst du nur noch zu uns rüberklettern«, ordnete Franzi mit gesenkter Stimme an. »Keine Angst, wir helfen dir. Es ist ganz leicht!«

Zara trat an die Brüstung und warf einen skeptischen Blick hinunter. Der Abstand zwischen den beiden Balkonen war nicht besonders groß, aber es ging tief nach unten. Irgendwo in der Dunkelheit lag die Hotelterrasse. Ein Sturz vom Balkon auf die Steinfliesen würde böse enden. Kim sah, wie etwas in Zaras Augen aufblitzte: Angst. Kim kannte dieses Gefühl sehr gut. Sie wäre an Zaras Stelle vermutlich augenblicklich wieder umgekehrt und hätte auf das Rendezvous verzichtet.

Aber Zara gab nicht so schnell auf. Die Liebe schien ihr ungeahnte Kräfte zu verleihen. Sie biss die Zähne zusammen und schwang ein Bein über die Brüstung.

Sofort streckte Franzi beide Arme aus. »Nicht nach unten schauen!«, zischte sie. »Sieh mich an! Und jetzt nimm meine Hand. Genau, sehr gut.«

Zara umklammerte Franzis Hand so fest, dass ihre Fingerknöchel weiß hervortraten. Einen Moment hing sie zwischen beiden Balkonen in der Luft. Kim hielt den Atem an. Sie konnte förmlich vor sich sehen, wie Zara abstürzte und mit zerschmetterten Knochen auf der Hotelterrasse landete. Doch dann griffen Kim und Marie gleichzeitig nach Zaras anderem Arm und zogen sie mit vereinten Kräften auf ihren Balkon herüber. Als Zara heil und unverletzt vor ihnen stand, sah Kim, dass ihre Beine zitterten. Auch die anderen waren etwas blass um die Nase.

»Na also, hat doch prima geklappt.« Franzi grinste schief. »Willkommen in der Freiheit, Prinzessin!«

Zara lächelte tapfer. »Danke.«

»Lasst uns lieber reingehen«, flüsterte Kim. »Bevor wir noch Zaras Tante aufwecken.«

In der Suite ließen sich die Mädchen auf die Couch fallen. Zara lehnte sich erschöpft zurück. »Mir ist immer noch ganz schlecht«, seufzte sie. »Ich habe Höhenangst. Ich war mir ganz sicher, dass ich abstürzen würde.«

»Du hast das toll gemacht«, lobte Franzi, die selbst ein echtes Klettertalent war. »Fast wie ein Profi. Und mit dem Schlüssel hat auch alles geklappt?«

Zara nickte. »Marie war einfach spitze. Sie hat Tante Selma so lange abgelenkt, bis ich den Schlüssel zur Balkontür in ihrem Schminktäschchen gefunden hatte. Danach musste ich nur noch so tun, als würde ich früh zu Bett gehen, und warten, bis Selma und Ali eingeschlafen waren.«

Marie grinste. »Das war eindeutig mein peinlichster Auftritt seit Jahren. Deine Tante hält mich jetzt wahrscheinlich für total gestört.«

»Na ja, sie hat tatsächlich etwas in der Richtung angedeutet.« Zara kicherte.

Kim kontrollierte die Uhrzeit auf ihrer Armbanduhr und stand auf. »Wenn wir pünktlich am Strand sein wollen, sollten wir jetzt aufbrechen.«

Zara erhob sich ebenfalls. »Ihr müsst wirklich nicht mitkommen. Ihr habt schon genug für mich getan. Den Rest schaffe ich auch allein.«

Franzi schüttelte energisch den Kopf. »Auf keinen Fall! Wir begleiten dich. Es wäre viel zu gefährlich, wenn du mitten in der Nacht alleine am Strand herumläufst. Was, wenn dir Achmeds Gefolgsleute auflauern?«

Zara lächelte. »Farid würde mich mit seinem Leben verteidigen.«

»Schon möglich«, sagte Kim. »Aber wir kommen trotzdem mit.« Sie überlegte kurz, ob sie Zara von den beiden Männern in der Sauna erzählen sollte, beschloss dann aber, sie lieber nicht zu beunruhigen. Doch das mulmige Gefühl in ihrer Magengegend blieb. Was, wenn die Männer Spione von Scheich Achmed waren? Was, wenn das Treffen mit Farid eine Falle war?

Kim versuchte, ihre bedrückenden Gedanken zu ignorieren, während sie hinter den anderen die Suite verließ und über den dunklen Flur zum Treppenhaus lief. Sie hatten beschlossen, nicht den Lift zu nehmen, um das Hotel ungesehen verlassen zu können.

Der Plan ging auf. Tatsächlich begegnete ihnen niemand im Treppenhaus. Draußen wehten leise Klaviermusik und das Lachen einiger Nachtschwärmer durch die weit geöffneten Fenster der Hotelbar zu ihnen herüber. Offenbar wurde dort noch gefeiert.

Die Mädchen huschten im Schatten hoher Hecken über die verschlungenen Wege des Hotelgeländes. Sie kamen am Pool vorbei, der einsam und verlassen dalag. Der Mond spiegelte sich im glatten Wasser. Dahinter ragten die Bäume des Palmengartens auf. Die Palmenwedel raschelten leise in der Brise, die vom Meer herüberwehte.

Der Strand war um diese Uhrzeit menschenleer. Abgesehen vom Rauschen der Wellen war nichts zu hören. Die Nacht war sternenklar und ziemlich kühl. Kim ließ ihren Blick über den feinen, feuchten Sand schweifen. Keine Fußspuren. Sie sah nach rechts und links, aber es war niemand da. Sie waren allein. Die Hoteluhr schlug ein einziges Mal.

Zaras Augen flackerten nervös und ihr Blick wanderte ruhelos hin und her.

»Dein Romeo kommt bestimmt gleich«, versuchte Marie, sie zu beruhigen. »Er hat sich bestimmt nur etwas verspätet.«
Zara biss sich auf die Unterlippe. »Farid hat sich noch nie verspätet. Er ist immer schon vor mir da, wenn wir verabredet sind.«
In diesem Augenblick trat ein dunkler Schatten hinter einer Palme hervor. Zara schrie leise auf und Kim zuckte zusammen. War das einer von Scheich Achmeds Männern? Wie sollten sie Zara gegen einen durchtrainierten Bodyguard verteidigen?
Die Gestalt kam mit langen Schritten auf sie zu. Das Mondlicht fiel auf ihr Gesicht und Kim erkannte eine schmale, leicht gebogene Nase und dunkle, leidenschaftliche Augen.
Mit einem Freudenschrei stürzte Zara auf die Gestalt zu. »Farid!« Sie warf sich in seine Arme. Die beiden verschmolzen zu einem einzigen Schatten, als sie sich küssten.
Kim sah verlegen zur Seite. »Wir sollten die zwei besser alleine lassen«, raunte sie Franzi und Marie zu. »Jetzt kann Zara ja nichts mehr passieren.«
Leise zogen sich die drei !!! zurück. Zara und Farid bekamen nichts davon mit, sie hatten nur Augen füreinander.
»Ist das nicht romantisch?«, fragte Marie, als sie zum Hotel zurückgingen. »Das Rauschen des Meeres, ein Himmel voller Sterne und ein Paar, das sich über alles liebt.« Sie seufzte. »Ich wünschte, ich hätte meinen Traumjungen auch schon gefunden.«
Sie sah plötzlich traurig aus und Kim wusste, dass sie an ihren Ex-Freund Holger dachte. Eine Weile waren die beiden das perfekte Paar gewesen, aber dann hatten sie sich allmäh-

lich auseinandergelebt und schließlich Schluss gemacht. Die Trennung war schon eine Weile her, aber Marie knabberte immer noch daran – auch wenn sie nach außen hin so tat, als wäre alles in bester Ordnung.

»Und was ist mit Adrian?«, fragte Franzi. »Ich dachte, er ist dein neuer Traumtyp. Auch wenn ich immer noch finde, dass er zu alt für dich ist.«

»Ja, Adrian ist echt süß«, gab Marie zu. »Ich muss ihm nur noch irgendwie klarmachen, dass ich auch die Frau seiner Träume bin.«

»Das schaffst du schon«, sagte Kim. »Und bis es so weit ist, kannst du ja auf deine anderen Verehrer zurückgreifen.« Marie brachte die Herzen der Jungs reihenweise zum Schmelzen. Insgeheim beneidete Kim sie ein bisschen um ihre tolle Ausstrahlung.

»Wie wär's zum Beispiel mit Hubertus?« Franzi kicherte. »Ich glaube, er ist dir auf den ersten Blick verfallen.«

»Dummerweise ist er eigentlich auch zu alt für Marie«, gab Kim zu bedenken.

»Ach was, das ist doch egal.« Marie wischte Kims Einwand mit einer ungeduldigen Handbewegung beiseite. »Hubertus ist gar nicht so übel. Wenn er nur nicht so auf seine dämliche Kamera fixiert wäre. Das ständige Geknipse ist ganz schön nervig.«

»Wenigstens hat Kim ihren Traummann bereits gefunden«, stellte Franzi fest.

Kim lächelte schwach. Sie versuchte sich vorzustellen, wie sie mit Michi am Strand entlangging, aber das Bild blieb blass und unscharf. Stattdessen schob sich Sandros Gesicht vor ihr inneres Auge. Er sah sie mit seinen dunklen Augen an und lächelte. Kims Herzschlag beschleunigte sich. Sie versuchte, das Bild zu verscheuchen, aber es klappte nicht. Sandro blieb hartnäckig in ihrem Kopf – und in ihrem Herzen. Kim seufzte. Die Angelegenheit war offenbar wesentlich komplizierter, als sie gedacht hatte.

Schock am frühen Morgen

Kim erwachte von einem Geräusch, das sie im ersten Moment für Donnergrollen hielt. Sie setzte sich auf und blinzelte verwirrt. Gab es etwa ein Gewitter? Nein, die Sonne schien hell zwischen den Vorhängen hindurch und kitzelte Kim an der Nase. Sie musste dreimal hintereinander niesen, was den Schlaf endgültig verscheuchte. Jetzt wurde ihr auch klar, woher das Geräusch kam, das sie geweckt hatte. Jemand klopfte an die Tür. Vielleicht war es Herr Grevenbroich, der sie zum Frühstück abholen wollte.

Marie, die neben Kim im Himmelbett lag, brummte ärgerlich und vergrub ihren Kopf in den Kissen. Franzi schlief im Einzelbett an der Wand und rührte sich nicht. Der Lärm schien sie völlig kaltzulassen.

Seufzend schwang Kim die Beine über den Bettrand und fuhr sich mit beiden Händen durch die Haare. Sie warf einen Blick auf ihren Wecker. Es war halb acht. Nachdem sie gestern erst gegen zwei Uhr ins Bett gekommen waren, hatten die drei !!! eigentlich vorgehabt, heute auszuschlafen. Aber daraus würde wohl nichts werden. Inzwischen trommelte irgendwer mit beiden Fäusten gegen die Tür. Das war bestimmt nicht Maries Vater.

»Ich komm ja schon«, murmelte Kim und schlurfte gähnend ins Wohnzimmer.

Kaum hatte sie die Tür geöffnet, stürzte eine zierliche Person herein. Kim starrte sie verblüfft an. Zaras Tante! Sie trug einen bestickten Morgenmantel und war noch ungeschminkt.

»Wo ist Zara?«, rief sie. In ihrer Stimme schwang Panik mit.
Kim wurde blass. »Ich … ich weiß nicht …«, stammelte sie. »Ist sie nicht bei Ihnen?«
Selma schüttelte den Kopf. »Ich wollte sie gerade wecken, aber ihr Bett war leer. Wir haben schon die ganze Suite nach ihr abgesucht. Ist sie hier?«
Kim schüttelte den Kopf. »Nein, leider nicht …« Ihr Magen zog sich zusammen. Irgendetwas Schlimmes musste passiert sein.
Marie und Franzi erschienen mit zerzausten Haaren in der Schlafzimmertür. »Was ist denn los?« Marie warf Zaras Tante einen vorwurfsvollen Blick zu. »Müssen Sie um diese Uhrzeit so einen Lärm veranstalten?«
»Zara ist weg«, sagte Kim tonlos.
»Was?« Franzi riss entsetzt die Augen auf.
»Ihr Bett ist unbenutzt«, berichtete Selma. »Ich gehe davon aus, dass sie bereits gestern Abend verschwunden ist. Wann habt ihr sie das letzte Mal gesehen?«
Die drei !!! wechselten einen schnellen Blick. Wie viel sollten sie Zaras Tante verraten?
»Ich glaube … das war gestern Nachmittag am Pool«, sagte Marie zögernd.
»Danach hattet ihr keinen Kontakt mehr?« Selma sah Marie scharf an. »Ganz sicher?«
Marie wurde rot. »Nein, ich glaube nicht.«
In diesem Moment tauchten zwei Männer neben Zaras Tante auf. Sie waren so leise hereingekommen, dass es schien, als wären sie direkt aus dem Boden gewachsen. Kim starrte sie ungläubig an. Es waren die Männer, die Zara be-

obachtet hatten. Drohend bauten sie sich vor den drei !!! auf. Ihre Gesichter waren zur Hälfte von großen Sonnenbrillen verdeckt, sodass ihre Augen nicht zu sehen waren. Hatten sie etwas mit Zaras Verschwinden zu tun?
»W…was wollen Sie hier?«, stammelte Kim. »Keinen Schritt näher, sonst schreie ich das ganze Hotel zusammen.«
»Passt auf, dass die Mädchen nicht abhauen«, befahl Selma. »Sie wissen mehr, als sie zugeben.«
»Sie kennen diese Männer?«, fragte Kim verblüfft.
Tante Selma nickte. »Es sind Zaras persönliche Leibwächter. Sie bewachen sie inkognito.«
»Diese Männer gehören zur Leibgarde des Sultans?« Plötzlich fügte sich in Kims Kopf alles zusammen. Natürlich! Darum waren sie ständig in Zaras Nähe gewesen und hatten sie beobachtet. Und darum hatte Ali ihnen am Pool freundschaftlich zugenickt. Sie waren Kollegen! Kim hätte sich vor Ärger in den Hintern beißen können. Warum war sie nicht schon eher darauf gekommen? Diesmal hatte ihre berühmte Kombinationsgabe sie leider im Stich gelassen.
Selma lächelte zufrieden. »Ihr wisst also, wer Zara wirklich ist. Das habe ich mir bereits gedacht. Wann hat sie es euch gesagt?«
Kim seufzte und sah zu Franzi und Marie. »Ich finde, wir sollten ihr alles erzählen. Es hat keinen Zweck, länger zu leugnen. Außerdem befindet sich Zara vielleicht in ernster Gefahr.«
Marie nickte. »Du hast recht.« Sie berichtete von dem Treffen in der Sauna, der gestrigen Befreiungsaktion und dem Rendezvous mit Farid am Strand.

Zaras Tante wurde blass. »Zara hat sich letzte Nacht heimlich aus dem Hotel geschlichen? Und ihr habt ihr dabei geholfen?«
Kim biss sich auf die Unterlippe. »Sie wollte Farid unbedingt treffen. Und das hätten Sie nie erlaubt.«
»Natürlich nicht!« Selma stemmte die Hände in die Hüften. »Farid ist Achmeds Sohn! Die beiden stecken unter einer Decke. Er hat sie bestimmt in eine Falle gelockt, damit Achmeds Männer sie entführen können.«
Franzi schüttelte den Kopf. »Außer Farid war niemand am Strand. Er war allein.«
»Was weißt du schon?« Selma sah Franzi von oben herab an. »Achmeds Männer sieht man nur, wenn sie gesehen werden wollen. Sie sind sehr gut ausgebildet. Achmed hat Zara mit Farids Hilfe entführt, das ist so klar wie der Nachthimmel über Dorisien. Der Sultan wird außer sich sein, wenn er davon erfährt.«
Kim schluckte. »Und was passiert jetzt?«
»Der Sultan wird seinem Cousin nun endlich offen den Krieg erklären.« In Selmas Stimme schwang Zufriedenheit mit. »Diesmal ist Achmed zu weit gegangen. Der Sultan wird nicht eher ruhen, bis er Zara gefunden und ihre Entführer aus dem Land gejagt hat.«
»Wenn wir irgendetwas tun können, um zu helfen …«, begann Marie, aber Selma schnitt ihr das Wort ab.
»Ihr habt bereits genug getan.« Sie winkte den beiden Leibwächtern zu, die daraufhin kehrtmachten und sie zur Tür eskortieren. Bevor sie die Suite verließ, drehte sie sich noch einmal um. »Ohne eure Einmischung wäre Zara jetzt in

Sicherheit und nicht in den Händen eines machtgierigen Verrückten. Ich hoffe, ihr seid zufrieden mit euch.«

Die Worte trafen Kim wie Dolchstöße. Augenblicklich wurde sie von heftigen Schuldgefühlen überwältigt. Waren sie tatsächlich für Zaras Verschwinden verantwortlich? Hatten sie sie im Stich gelassen? Wäre alles anders gekommen, wenn sie Zara nicht geholfen hätten?

»So ein Mist!«, schimpfte Franzi, als Selma mit ihrer Leibgarde verschwunden war. »Dieses Mal haben wir es total verbockt!«

Kim stolperte zum Sofa und ließ sich darauffallen. Sie vergrub das Gesicht in den Händen. »Es ist unsere Schuld, dass Zara entführt worden ist. Wenn ihr etwas zustößt, werde ich mir das nie verzeihen.«

Marie setzte sich neben Kim und legte ihr den Arm um die Schultern. »Vielleicht haben wir tatsächlich etwas falsch gemacht, aber es ist noch nicht zu spät, den Fehler zu korrigieren.« Ihre Stimme klang überraschend klar. Kim hob den Kopf. Maries Gesicht war sehr blass, aber ihre Augen strahlten eine wilde Entschlossenheit aus.

»Und wie soll das gehen?«, fragte Franzi.

»Ganz einfach: Wir müssen Zara finden und sie befreien. Wir dürfen sie jetzt nicht im Stich lassen!«

Franzi nickte. »Du hast recht. Wir müssen aktiv werden, statt uns selbst Vorwürfe zu machen. Aber dafür brauchen wir jede Menge Power.« Sie streckte den Arm aus. Automatisch legten Kim und Marie ihre Hände auf Franzis Hand. Inzwischen hatten sie den Schwur so oft ausgeführt, dass sie ihn im Schlaf beherrschten. Kim spürte, wie ihr das vertraute

Ritual Kraft gab und die Energie durch ihre Handfläche in ihren Körper floss.
Im Chor sagten sie: »Die drei !!!.«
Franzi rief »Eins!« und Marie »Zwei!«. Kim holte tief Luft und sagte mit fester Stimme: »Drei!« Zum Schluss hoben sie gleichzeitig die Hände und riefen: »Power!!!«

Schwierige Suche

Detektivtagebuch von Kim Jülich
Mittwoch, 9:25 Uhr
Etwas Schreckliches ist passiert: Zara ist verschwunden! Vermutlich wurde sie entführt – und das ist unsere Schuld! Hätten wir ihr doch bloß nicht bei der Flucht geholfen! Allein hätte sie sich niemals mit Farid treffen können. Wenn wir wenigstens am Strand bei ihr geblieben wären. Wie konnten wir sie nur alleinlassen?
Aber Selbstvorwürfe bringen Zara jetzt auch nichts. Darum haben wir beschlossen, sie zu finden – und zwar so schnell wie möglich. Unsere erste Spur ist Farid. Auch wenn Franzi, Marie und ich nicht glauben, dass er Zara entführt hat. Ihre Tante liegt mit diesem Verdacht garantiert falsch. Sie hat schließlich nicht gesehen, wie sich die beiden geküsst haben. Und dann dieser zärtliche Blick, mit dem Farid Zara angeschaut hat – so etwas kann man einfach nicht spielen!
Trotzdem ist Farid vermutlich derjenige, der Zara als Letzter gesehen hat. Deshalb müssen wir unbedingt mit ihm sprechen. Gleich machen wir uns auf die Suche nach der Fischerhütte, in der er sich verstecken soll. Marie hat den Portier ein bisschen ausgehorcht und er hat ihr erzählt, dass es einige Kilometer von hier eine alte, verfallene Fischerhütte gibt, die seit Jahrzehnten leer steht. Die Chancen stehen eins zu hundert, dass diese Hütte Farids Versteck ist, aber vielleicht haben wir ja Glück. Außerdem ist es unsere einzige Spur.
Liebe Zara, ich wünschte, du könntest mich hören. Wir wer-

den alles tun, um dich zu finden. Wir lassen dich nicht im Stich!!!

Nach dem Frühstück brachen die drei !!! sofort auf. Kim hatte entgegen ihren sonstigen Gewohnheiten so gut wie nichts gegessen. Zaras Verschwinden hatte ihr gründlich den Appetit verdorben. Sie hatte ihr Müsli kaum angerührt und beim Anblick der dampfenden Waffeln und der duftenden Heidelbeer-Pfannkuchen hatte sich ihr fast der Magen umgedreht.
Als sie das Hotel verließen, strahlte die Sonne von einem wolkenlosen Himmel. Am Pool herrschte bereits reger Betrieb und auch die meisten Liegen am Strand waren schon von Hotelgästen besetzt. Kim schob sich ihre Sonnenbrille auf die Nase, als sie zwischen den ordentlich aufgereihten Liegestühlen zum Wasser gingen. Das Meer glitzerte in der Sonne. Es war fast windstill und die Wellen schwappten träge an den Strand. Ein perfekter Tag zum Baden, Lesen und Entspannen. Es hätte alles so schön sein können …
»Am besten laufen wir immer am Meer entlang«, schlug Marie vor. »Die Hütte soll direkt am Wasser liegen, wir können sie also eigentlich gar nicht verfehlen.«
»Prima.« Franzis Augen blitzten unternehmungslustig. »Auf geht's!« Munter marschierte sie los.
Kim folgte ihr seufzend. »Hat der Portier zufälligerweise auch gesagt, wie weit es bis zu dieser Hütte ist?«
»So genau wusste er das nicht.« Marie zuckte mit den Schultern. »Wahrscheinlich ungefähr zehn oder zwölf Kilometer.«
»Was?« Kim blieb wie angewurzelt stehen. »So weit? Da sind wir ja morgen früh noch unterwegs!«

»Quatsch!« Franzi schüttelte den Kopf. »Das schaffen wir locker in ein paar Stunden.« Sie warf Kim einen strengen Blick zu. »Zumindest, wenn wir zügig laufen und nicht alle fünf Minuten anhalten.«

Kim setzte sich wieder in Bewegung. »Na prima!«, murmelte sie. »Genauso hab ich mir unseren Urlaub vorgestellt. Schweißtreibende Gewaltmärsche mit zwei unbarmherzigen Sklaventreiberinnen – womit habe ich das nur verdient?«

Zwei Stunden später war Kims Stimmung auf dem absoluten Nullpunkt angelangt. Die Mittagssonne brannte heiß auf ihren Kopf, ihre Beine fühlten sich so schwer an, als hätte sie Bleigewichte an den Füßen, und an ihrer rechten Ferse schmerzte eine dicke Blase.

»Jetzt reicht's!« Sie blieb stehen und wischte sich den Schweiß von der Stirn. »Ich gehe keinen Schritt weiter. Wenn ihr mich fragt, sind wir inzwischen schon mindestens zwölf Kilometer gelaufen, und von einer Fischerhütte ist weit und breit nichts zu sehen. Das bringt doch nichts!«

»Vielleicht sind wir aus Versehen in die falsche Richtung gegangen«, überlegte Marie. Sie hatte sich ein knallrotes Piratentuch um den Kopf geschlungen und sah noch beneidenswert frisch aus. Im Gegensatz zu Kim schien sie der Marsch kaum angestrengt zu haben. Kein Wunder – Marie machte regelmäßig Sport und hielt sich mit Laufen, Schwimmen und Aerobic fit.

»Lasst uns noch um die nächste Kurve gehen«, schlug Franzi vor. »Jetzt sind wir so weit gekommen – es wäre schade, wenn wir kurz vor dem Ziel aufgeben.«

Kim stöhnte. »Muss das sein? Ich fühle mich wie durch den

Fleischwolf gedreht und wir haben noch den ganzen Rückweg vor uns.«
Franzi zuckte mit den Schultern. »Wenn ihr nicht wollt, gehe ich eben alleine.« Sie marschierte los.
»Warte, ich komme mit!«, rief Marie.
Kim zögerte einen Moment, dann folgte sie seufzend ihren Freundinnen. Der Strand war schon seit geraumer Zeit menschenleer. Hier gab es weder schicke Strandclubs oder Nobelrestaurants noch coole Bars mit dröhnender Musik. Der Strand war auch nicht so sauber und gepflegt wie beim Hotel, sondern mit Muscheln, Steinen und Seetang übersät. Er ging in einen dichten Pinienwald über. Abgesehen vom Geräusch der Wellen und dem Zirpen der Zikaden war nichts zu hören. Kim kam es fast so vor, als wären sie auf einem anderen Planeten gelandet.
Plötzlich blieb Franzi so abrupt stehen, dass Kim beinahe in sie hineingelaufen wäre. »He, was soll das?«, schimpfte Kim.
»Pssst!«, zischte Franzi. »Ich glaube, wir sind am Ziel.«
Vor ihnen lag in einiger Entfernung eine kleine Holzhütte. Sie war kaum größer als der Gartenschuppen von Kims Vater und schien ziemlich baufällig zu sein. Das Dach war windschief und nur notdürftig geflickt und die Holzwände sahen morsch und verwittert aus. Kims Hände wurden feucht vor Aufregung.
»Wir müssen näher heran!«, flüsterte Marie.
Die drei !!! huschten über den Strand und suchten hinter einigen Pinien Schutz. Dann arbeiteten sie sich so geräuschlos wie möglich bis zur Hütte vor. Sie lag genau dort, wo der Strand in den Pinienwald überging, und wirkte auf den ers-

ten Blick völlig verlassen. Kims Hoffnung sank. Hier hatte bestimmt seit ewigen Zeiten niemand mehr gewohnt. Außerdem konnte sie sich nicht vorstellen, dass sich der Sohn eines unvorstellbar reichen Scheichs ausgerechnet in so einer Bruchbude verstecken sollte.

Auf einmal ertönte ein Geräusch aus dem Inneren der Hütte. Kim erstarrte. Marie und Franzi hatten es auch gehört.

»Es ist jemand drin!«, hauchte Franzi beinahe lautlos.

Kims Kehle war wie zugeschnürt. Hatten sie Farid tatsächlich aufgespürt? Plötzlich kam ihr ein wunderbarer Gedanke: Was, wenn Zara ebenfalls in der Hütte war? Vielleicht war sie ja gar nicht entführt worden, sondern spontan mit Farid durchgebrannt! Kims Füße setzten sich ganz von allein in Bewegung. So leise wie möglich schlich sie zu einem der beiden Fenster hinüber. Die Scheibe war schon lange kaputt, stattdessen hatten fleißige Spinnen ihre Netze im Fensterrahmen gesponnen. Die Spinnweben bewegten sich leicht im Luftzug. Vorsichtig schob Kim ihren Kopf vor das Fenster. Bestimmt würde sie gleich Farid und Zara sehen, die eng umschlungen in der Hütte saßen und sich verliebt in die Augen schauten. Zara würde aufspringen und den drei !!! lachend um den Hals fallen. Den restlichen Tag würden sie gemeinsam am Strand verbringen und jede Menge Spaß haben …

Plötzlich erschien ein Gesicht im Fenster. Es gehörte weder Zara noch Farid. Es war einer von Zaras Leibwächtern. Er hatte sich seine Sonnenbrille auf den Kopf geschoben und starrte Kim aus zusammengekniffenen Augen an. Sein Gesicht war Kims so nah, dass sich ihre Nasenspitzen beinahe berührten. Kim konnte den Atem des Mannes auf ihrer

Wange spüren. Nur die Spinnweben trennten sie von diesem Muskelpaket. Nur ein Hauch von Nichts.
Ein paar Herzschläge lang war Kim wie erstarrt. Dann passierte alles gleichzeitig. Ein markerschütternder Schrei ertönte und Kim merkte erst nach einer Weile, dass er aus ihrer eigenen Kehle kam. Der Leibwächter stieß einen unverständlichen Fluch aus und griff durch das Fenster nach Kim. Die Spinnweben zerbarsten. Eine riesige Hand schoss auf Kim zu. Sie wollte fliehen, aber sie konnte sich nicht bewegen. Plötzlich waren Marie und Franzi hinter ihr und rissen sie zurück. Die Hand griff ins Leere. Der Leibwächter fluchte noch einmal, dann verschwand sein Gesicht.
»Weg hier!«, zischte Franzi.
Die Tür zur Fischerhütte flog auf und der Leibwächter stürmte heraus. Sein Kollege war ihm dicht auf den Fersen.
»LAUFT!«, brüllte Marie.
Kim stolperte los. Ihre Füße versanken im weichen Sand. Es war wie in einem dieser Albträume, in denen man läuft und läuft, ohne voranzukommen. Dann hatten sie den Wald erreicht und das Laufen wurde einfacher. Kim rannte, so schnell sie konnte. Hinter ihr trommelten die Füße ihrer Verfolger über den Waldboden. Sie waren schnell. Und sie würden nicht aufgeben, bevor sie ihre Beute gestellt hatten. Kims Atem ging keuchend und sie bekam Seitenstechen. Die Blase an ihrem Fuß brannte wie Feuer und jeder einzelne Muskel in ihren Beinen schmerzte, aber sie blieb nicht stehen. Franzi und Marie waren direkt vor ihr. Die Pinien wuchsen immer dichter, sodass sie etwas langsamer laufen mussten. Der Untergrund wurde felsig. Kim fragte sich, wie

lange sie das Tempo noch durchhalten würde. Verflixt, warum war sie nur so unfit?
Plötzlich schlug Franzi einen Haken und zog Kim in eine Felsspalte, die sich direkt neben ihnen auftat. Sie war so schmal, dass sich die drei !!! gerade so hineinquetschen konnten. Kim drückte sich gegen die kühle Felswand und versuchte, so leise wie möglich zu atmen. Ein paar Sekunden später hörte sie, wie ihre Verfolger an ihrem Versteck vorbeirannten. Kim hielt die Luft an. Sie blieben nicht stehen. Die drei !!! warteten noch eine Weile, aber alles blieb still.
Kim atmete auf. »Ich glaube, sie sind weg«, flüsterte sie und schob sich aus der Felsspalte.
»Puh, das war knapp.« Franzi trat hinter Kim ins Freie. Auf ihrer Stirn glitzerten Schweißtropfen. »Diese Typen sind echt gut im Training, das muss man ihnen lassen.«
»Sie hätten uns bestimmt liebend gern einen Denkzettel verpasst.« Kim schauderte bei dem Gedanken daran, was passiert wäre, wenn die zwei Muskelpakete sie erwischt hätten.
»Was haben Zaras Leibwächter eigentlich in der Fischerhütte gemacht?«, fragte Marie.
»Ich glaube, sie haben sie durchsucht«, sagte Kim. »Sie wollen bestimmt Farid finden, genau wie wir.«
»Nur dass sie die Fischerhütte leider vor uns entdeckt haben.« Franzi schüttelte ärgerlich den Kopf. »So ein Mist! Vielleicht hätten wir in der Hütte einen Hinweis darauf gefunden, wo Farid sich jetzt aufhält.«
»Hier ist er jedenfalls nicht mehr.« Kim seufzte. »Die ganze Aktion war völlig sinnlos.« Sie fühlte sich auf einmal kraftlos und ausgelaugt. Ihre Beine zitterten. Kim ließ sich auf den

Waldboden fallen und zog ihren Turnschuh aus, um ihren Fuß zu begutachten. Die Blase an ihrer Ferse war riesengroß und knallrot.

Marie hockte sich neben sie. »Autsch! Das sieht gar nicht gut aus. Willst du ein Pflaster haben?« Als Kim nickte, begann sie, in ihrer Handtasche zu wühlen, und zog schließlich ein Mäppchen mit Pflastern in verschiedenen Größen heraus.

»Danke«, sagte Kim. Nachdem Marie ihren Fuß verarztet hatte, fühlte sie sich schon etwas besser.

»Wir sollten jetzt erst mal was essen und dann den Rückweg antreten«, schlug Franzi vor. »Am besten gehen wir etwas tiefer in den Wald hinein, damit uns die beiden Typen nicht noch einmal über den Weg laufen.«

»Du hast Proviant dabei?«, fragte Kim überrascht.

Franzi nickte. »Ich hab ein paar Brötchen und etwas Obst vom Frühstücksbuffet gemopst, als der Oberkellner gerade nicht hingeschaut hat.«

Kim merkte, wie ihre Lebensgeister beim Gedanken an ein saftiges Rosinenbrötchen oder ein leckeres Schokocroissant wieder erwachten. Sie rappelte sich auf. »Franzi, du hast mir soeben das Leben gerettet.«

»Kein Problem.« Franzi grinste. »Eine meiner leichtesten Übungen.«

Reporter-Alarm!

Gestärkt traten die drei !!! eine halbe Stunde später den Rückweg an. Sie wanderten schweigend am Strand entlang, jede in ihre eigenen Gedanken versunken. Kim versuchte, ihre schmerzende Ferse zu ignorieren. Sie fragte sich, wie es Zara wohl gerade ging. War sie irgendwo eingesperrt? Vielleicht sogar gefesselt? Dagegen war eine Blase am Fuß geradezu lächerlich …

Die Sonne ging bereits unter, als sie den Hotelstrand erreichten. Alle Sonnenschirme waren eingeklappt und die Liegestühle verwaist. Der Badespaß war für heute beendet.

»Geschafft!«, seufzte Kim. »Gleich lege ich mich erst mal in die heiße Badewanne, bevor ich mich fürs Abendessen umziehe. Wahrscheinlich kann ich mich morgen vor lauter Muskelkater nicht mehr rühren.«

»Hör auf zu jammern«, sagte Franzi ungerührt. »Du wolltest dich doch unbedingt mehr bewegen. Sieh es positiv: Heute hast du so viele Kalorien verbrannt wie sonst in einem ganzen Monat.«

»Stimmt!« Daran hatte Kim noch gar nicht gedacht. »Das heißt, ich kann nachher beim Abendessen ordentlich reinhauen. Was gibt es heute eigentlich?«

Ehe Franzi oder Marie antworten konnten, sprang ein Schatten hinter der Strandbar hervor und verstellte den drei !!! den Weg. Kim sog scharf die Luft ein, als sich die vermummte Gestalt die Kapuze vom Kopf zog.

»Farid!«, rief sie überrascht.

»Wo ist Zara?«, fragte er, ohne sich mit einer Begrüßung aufzuhalten.
Kim schluckte. »Du weißt noch gar nicht, was passiert ist?«
»Ich weiß, dass Zara verschwunden ist«, sagte Farid. »Ist sie bei euch? Bitte sagt mir, dass sie bei euch ist!« Angst spiegelte sich auf seinem Gesicht.
»Nein.« Marie schüttelte den Kopf. »Wir wissen leider auch nicht, wo sie ist. Ihre Spur verliert sich letzte Nacht.«
Farid wurde blass. Seine Augen flackerten. Kim konnte sehen, wie viel Anstrengung es ihn kostete, ruhig zu bleiben. »Letzte Nacht?«, fragte er mit rauer Stimme. »Aber wie kann das sein? Letzte Nacht war Zara mit mir zusammen. Ich hab sie noch zum Hintereingang des Hotels gebracht. Alles war ruhig. Es war niemand in der Nähe.«
»Um wie viel Uhr war das?«, hakte Franzi nach.
»So gegen halb drei«, antwortete Farid. »Ich wollte sie bis zu ihrer Suite bringen, aber Zara hat nur den Kopf geschüttelt. ›Mir passiert schon nichts‹, hat sie gesagt und gelacht.« Er stöhnte und fuhr sich verzweifelt durch seine schwarzen, leicht zerzausten Haare. »Ich Idiot! Warum hab ich nur auf sie gehört? Es ist alles meine Schuld!«
Kims Herz zog sich vor Mitleid zusammen. Sie wusste genau, wie Farid sich fühlte. Sie machte sich seit heute früh ja selbst die schlimmsten Vorwürfe. Seine Verzweiflung war hundertprozentig echt. Jetzt war sich Kim ganz sicher, dass Farid nichts mit Zaras Verschwinden zu tun hatte.
»Die Entführer müssen ihr im Hotel aufgelauert haben«, folgerte Marie. »Vielleicht haben sie vor ihrer Suite gewartet.«
»Aber woher wussten sie, dass Zara von einem heimlichen

Rendezvous kommen würde?«, überlegte Franzi. Darauf hatte niemand eine Antwort.

»Wer könnte Zara entführt haben?«, fragte Kim an Farid gewandt.

Farids Miene wurde grimmig. »Eigentlich kommt nur einer infrage: mein Vater.«

»Bist du sicher?« Franzi sah Farid scharf an. »Hat er mit dir über seine Pläne gesprochen?«

Farid schüttelte den Kopf. »Wir reden nicht mehr miteinander, seit er sich gegen meine Beziehung zu Zara gestellt hat. Wir hatten einen furchtbaren Streit und danach bin ich abgehauen, um Zara nachzureisen. Ich konnte es einfach nicht ertragen, von ihr getrennt zu sein. Ich habe mich in einer Fischerhütte versteckt, aber heute Vormittag sind Zaras Leibwächter dort aufgetaucht. Da wusste ich, dass etwas nicht stimmt. Ich konnte gerade noch rechtzeitig fliehen und bin zum Hotel gefahren. Hier habe ich von Zaras Verschwinden gehört. Ich hoffte, sie wäre bei euch, darum habe ich überall nach euch gesucht.«

»Und wir nach dir.« Kim grinste schief. »Den langen Marsch hätten wir uns sparen können.«

»Kannst du deinen Vater nicht einfach bitten, Zara wieder freizulassen?«, schlug Franzi vor.

Farid seufzte. »Ihr kennt meinen Vater nicht. Er ist total verblendet von seiner Gier nach Macht. Genauso wie Zaras Vater. Die beiden sind sich eigentlich ziemlich ähnlich. Nein, ich muss Zara selbst finden.«

»Du solltest dich lieber nicht in der Öffentlichkeit blicken lassen«, riet Kim. »Wenn dich Zaras Leibwächter in die Finger kriegen, sieht es schlecht für dich aus. Sie glauben, du hättest Zara in eine Falle gelockt und deinem Vater ausgeliefert.«

Farid seufzte. »Das habe ich befürchtet. Zaras Tante konnte mich noch nie leiden. Die Frau ist so kalt wie ein Fisch.«

Kim musste grinsen. Der Vergleich war nicht schlecht. »Aber was soll ich denn jetzt machen?«, fragte Farid verzweifelt. »Ich kann doch nicht einfach die Hände in den Schoß legen und nichts tun. Ich habe Zara geschworen, immer für sie da zu sein. Ich würde sie mit meinem Leben verteidigen, wenn es sein muss!«

»Das glauben wir dir ja«, beruhigte ihn Franzi. »Aber es bringt niemandem etwas, wenn du auch noch in Schwierigkeiten gerätst. Am besten tauchst du für eine Weile unter. Wir werden alles tun, um Zara zu finden.«

»Du kannst dich auf uns verlassen«, fügte Kim hinzu. »Okay?«

Farid nickte widerstrebend. Dann lächelte er. Kim konnte gut verstehen, warum Zara sich in ihn verliebt hatte. Sein Lächeln war supersympathisch. »Danke! Ihr seid genauso nett, wie Zara euch beschrieben hat. Sie hat mir letzte Nacht viel von euch erzählt. Sie mag euch wirklich gern.«

»Wir sie auch«, sagte Kim.

»Wie können wir dich erreichen, falls wir auf eine heiße Spur stoßen?«, fragte Franzi.

»Ich werde euch erreichen, wenn es nötig ist«, antwortete Farid. »Ich habe zwei Augen und zwei Ohren im Hotel. Bis bald!«

Kim sah ratlos zu Franzi und Marie. Was sollte das bedeu-

ten? Doch ehe sie Farid fragen konnte, war er auch schon verschwunden. Eben hatte er noch vor ihnen gestanden und jetzt war er weg, so als hätte ihn der weiche Sand einfach verschluckt.
Marie blinzelte. »Wo ist er denn hin?«
Franzi grinste. »Vielleicht hat er sich in Luft aufgelöst.«
Die Sonne war inzwischen untergegangen und Kims Magen knurrte vorwurfsvoll. Kein Wunder, das Picknick im Pinienwald war schließlich schon wieder Stunden her. »Wenn wir das Abendessen nicht verpassen wollen, sollten wir jetzt los«, sagte sie. »Maries Vater fragt sich bestimmt schon, wo wir bleiben.«

Als die drei !!! die große Eingangshalle betraten, trauten sie ihren Augen kaum.
»Was ist denn hier los?«, fragte Franzi.
In der Halle, die sonst luxuriöse Ruhe und gediegene Gelassenheit ausstrahlte, wimmelte es nur so von Menschen. Fotografen mit großen Kameras knipsten alles, was sich bewegte, vor allem die Männer in schwarzen Anzügen, die ab und zu in der Halle auftauchten. Offenbar wurden sie von Ali dirigiert, der oben auf der Freitreppe stand und den anderen Leibwächtern über ein Headset Befehle erteilte.
Mehrere Reporter hielten dem Portier Mikros unter die Nase und bombardierten ihn mit Fragen. Andere sprachen aufgeregt in ihre Handys. Sogar ein Fernsehteam war da! Der Kameramann machte gerade einen Schwenk durch die Halle. Kim duckte sich schnell, um nicht ins Bild zu geraten. Das fehlte gerade noch, dass sie mit völlig verschwitzten Klamot-

ten, zerzausten Haaren und von der Sonne verbranntem Gesicht ins Fernsehen kam!
»Offenbar ist die Presse auf den Fall aufmerksam geworden«, stellte Franzi trocken fest.
Marie nickte. »Eigentlich war es ja nur eine Frage der Zeit.« Sie runzelte die Stirn. »Seht mal, dahinten ist Hubertus. Was macht der denn hier?«
Kim reckte den Hals. Tatsächlich! Hubertus hatte sich unter die Reporter gemischt und schoss ein Foto von Ali, der gerade etwas in das Mikro seines Headsets brüllte. »Irgendwie kommt mir dieser Hubertus komisch vor …«, begann Kim, aber Franzi unterbrach sie.
»Pssst!«, zischte sie. »Hört mal zu!«
Das Fernsehteam hatte sich neben den drei !!! in Position gebracht. Die Kamera war jetzt auf einen seriös wirkenden Mann in dunkler Jeans und gestreiftem Hemd gerichtet. Er hielt ein Mikrofon in der Hand und räusperte sich umständlich. Als der Kameramann ihm ein Zeichen gab, knipste er ein Lächeln auf seinem Gesicht an und begann zu sprechen.
»Guten Abend, meine Damen und Herren. Heute melde ich mich live für Sie aus dem *Hôtel d'Azur* an der französischen Riviera, wo heute etwas Außergewöhnliches passiert ist: Prinzessin Zara Yasmin von Dorisien, die sich seit einigen Tagen inkognito im Hotel aufhielt, ist verschwunden. Ihr Vater, der Sultan von Dorisien, hat vor einer Stunde in einer offiziellen Stellungnahme seinen Cousin, Scheich Achmed, beschuldigt, seine Tochter entführt zu haben. In Dorisien herrscht seit längerer Zeit ein Machtkampf zwischen dem Sultan und Scheich Achmed, der jetzt einen dramati-

schen Höhepunkt erreicht hat. Nach der leidenschaftlichen Ansprache des Sultans und dem Appell an seinen Cousin, Prinzessin Zara unverzüglich freizulassen, haben sich in der dorisischen Hauptstadt spontan mehrere hundert Menschen zu einer Demonstration versammelt. Die Bürger fordern die Freiheit für die Tochter des Sultans. Prinzessin Zara ist in ihrem Land sehr beliebt und die Anschuldigungen des Sultans haben Scheich Achmeds Ansehen schwer geschadet. Angeblich sollen ihm seine Anhänger in Scharen davonlaufen, obwohl er beteuert, nichts mit dem Verschwinden der Prinzessin zu tun zu haben. Währenddessen sucht die Leibgarde des Sultans, die dieser unverzüglich als Verstärkung nach Frankreich geschickt hat, das Hotel und die gesamte Umgebung nach der Prinzessin ab – bisher jedoch ohne Erfolg. Niemand weiß, welche Qualen die junge Monarchin gerade aussteht, aber hier wünschen sich alle, dass die sympathische Prinzessin gesund und munter zu ihrer Familie zurückkehrt. Sobald es neue Erkenntnisse gibt, erfahren Sie es natürlich sofort hier im News-Kanal. In der Zwischenzeit zeigen wir Ihnen eine Dokumentation über das dorisische Königshaus, eine der ältesten Monarchien Asiens. Ich wünsche Ihnen gute Unterhaltung!«

Nachdem die Live-Schaltung beendet war, knipste der Sprecher sein Lächeln wieder aus und ließ das Mikro sinken. »So, Leute, ich brauch jetzt erst mal was zu trinken. Kommt ihr mit?«

Der Kameramann und der Tonassistent nickten und das Team verschwand in Richtung Hotelbar.

»Du meine Güte!« Kim schüttelte ungläubig den Kopf. »Ich

hätte nicht gedacht, dass Zaras Entführung so einen Wirbel auslöst.«

»Wahnsinn, dass die Leute in Dorisien sogar für sie auf die Straße gehen«, sagte Marie.

»Aber von dem Rendezvous mit Farid hat der Reporter nichts gesagt«, stellte Franzi fest. »Dabei wäre das doch ein gefundenes Fressen für die Presse. Offenbar ist diese Information noch nicht durchgesickert.«

Hubertus tauchte neben den drei !!! auf. Um seinen Hals baumelte die unvermeidliche Kamera. Seine Augen glänzten und seine Wangen leuchteten knallrot. »Wovon sprecht ihr?«, fragte er. »Was wäre ein gefundenes Fressen für die Presse?« Er schien in Hochstimmung zu sein und wirkte total aufgedreht.

»Nichts«, sagte Kim schnell. »Wir haben nur laut gedacht.«

»Habt ihr Zara eigentlich näher gekannt?«, erkundigte sich Hubertus. »Ihr habt euch doch am Pool mit ihr unterhalten, oder? Wusstet ihr, wer sie wirklich war?«

Franzi schüttelte den Kopf. »Nein, wir haben nur ein paar Worte mit ihr gewechselt, bevor ihre Tante sie weggezerrt hat.«

»Und? Was hat sie gesagt?«, fragte Hubertus neugierig.

»Nichts Besonderes.« Franzi runzelte die Stirn. »Warum interessiert dich das eigentlich?«

Hubertus zuckte mit den Schultern. »Ach, nur so. Wirklich furchtbar, dass sie entführt wurde. Habt ihr eine Ahnung, wo sie sein könnte?«

Bei Kim begannen sämtliche Alarmglocken zu läuten. Versuchte Hubertus etwa, sie auszuhorchen? Und wenn ja, wa-

rum? »Wir wissen auch nicht mehr als alle anderen«, sagte sie bestimmt.
Hubertus schien zu merken, dass er so nicht weiterkam, und wechselte plötzlich das Thema. »Was habt ihr drei Hübschen denn heute Abend noch vor?«, fragte er. »Darf ich euch nach dem Abendessen zu einem Drink an die Hotelbar einladen? Oder erlaubt das dein Papa nicht?« Er sah Marie herausfordernd an.
»Mein Vater lässt mir sämtliche Freiheiten«, stellte Marie würdevoll klar. »Außerdem mache ich sowieso nur, was ich will.«
»Gute Einstellung.« Hubertus lächelte anerkennend.
»Also, ich gehe gleich nach dem Abendessen ins Bett«, sagte Kim. »Ich bin völlig fertig.«
»Ich auch.« Franzi gähnte demonstrativ.
»Und was ist mit dir?« Hubertus zog eine Augenbraue hoch. »Musst du auch früh ins Bettchen?«
Marie betrachtete Hubertus kühl. »Keineswegs. Aber ich finde Hotelbars schrecklich langweilig. Vielleicht mache ich nachher noch ein kleines Work-out im Fitnessraum. Bist du dabei?«
Hubertus grinste. »Abgemacht! Dann bis später.« Er drehte sich um und verschwand fröhlich pfeifend in Richtung Aufzug.
Kim sah Marie kopfschüttelnd an. »Willst du nach der langen Wanderung heute tatsächlich noch in den Fitnessraum gehen?«
Marie zuckte mit den Schultern. »Warum nicht? Dann kann Hubertus mir gleich mal zeigen, was er so draufhat.«

Franzi zog eine Grimasse. »Ich weiß wirklich nicht, was du an dem findest. Mein Typ ist er jedenfalls nicht.«
»Umso besser.« Marie grinste.
»Pass bloß auf«, sagte Kim warnend. »Hubertus will dich bestimmt nur aushorchen. Findet ihr es nicht merkwürdig, dass er uns lauter Fragen über Zara gestellt hat?«
»Nein«, sagte Marie. »Er ist eben neugierig, mehr nicht.«
»Aber Hubertus war schon vor der Entführung an Zara interessiert«, fiel Franzi plötzlich ein. »Erinnert ihr euch noch an den ersten Nachmittag am Pool? Er hat Fotos von ihr gemacht. Und er war total sauer, als Ali die Bilder gelöscht hat.«
»Stimmt!« Kim nickte eifrig. »Das kann eigentlich nur eins bedeuten: Er wusste von Zaras wahrer Identität. Warum hätte er sie sonst fotografieren sollen?«
»Vielleicht hat er ja sogar etwas mit ihrer Entführung zu tun!« Franzi fuchtelte aufgeregt mit den Händen. »Und jetzt versucht er herauszufinden, wie viel wir wissen.«
»Welches Motiv sollte er denn haben?«, fragte Marie.
»Lösegelderpressung vielleicht?«, schlug Franzi vor. »Oder er arbeitet für Scheich Achmed. Irgendwer muss Zara ja in die Falle gelockt haben.«
»Ich weiß nicht …« Marie machte ein skeptisches Gesicht. »Das klingt alles ziemlich weit hergeholt.«
»Du solltest auf jeden Fall vorsichtig sein«, warnte Kim noch einmal. »Und ganz genau aufpassen, was du sagst.«
Marie zog einen Schmollmund. »Haltet ihr mich etwa für eine Tratschtante, die ihren Mund nicht halten kann?«
Kim und Franzi sahen sich an. Sie wussten besser als jeder

andere, dass Marie viel und gern redete. Dann schüttelten sie heftig die Köpfe. »Nein, natürlich nicht!«, behaupteten sie im Brustton der Überzeugung.
Kim und Franzi prusteten los und nach einer Weile musste auch Marie mitlachen.

Nachts am Strand

Eigentlich hatte Kim vorgehabt, nach dem abendlichen Fünf-Gänge-Menü sofort ins Bett zu gehen. Ihre Glieder waren von der ungewohnten körperlichen Anstrengung des Tages und dem heißen Bad, das sie vor dem Essen im Whirlpool genommen hatte, träge und schwer. Aber ihr Kopf wollte einfach keine Ruhe geben. Die Gedanken drehten sich wie ein Karussell, das man nicht abstellen kann. Kim beschloss, vor dem Schlafengehen noch schnell ein bisschen frische Luft zu schnappen. Während Marie in ihrem hautengen Aerobic-Outfit zum Fitness-Raum eilte und Franzi es sich vor dem Fernseher bequem machte, um zu sehen, ob die Nachrichten etwas Neues über Zaras Entführung brachten, zog sich Kim ihre Jeansjacke über und machte sich auf den Weg zum Strand.

Die Nacht war wieder sternenklar. Nur hin und wieder zogen einzelne Wolken über den Himmel und ließen die Sterne für kurze Zeit verschwinden. Als Kim den gewundenen Pfad zum Meer hinunterging, frischte der Wind auf und zerzauste ihre Haare. Am Strand zog Kim die Schuhe aus und stapfte barfuß durch den nachtkalten Sand. Es tat gut, die kühle Brise auf dem Gesicht zu spüren und sich den Kopf frei pusten zu lassen. Kim beschloss, heute nicht mehr an den Fall, die Ermittlungen, den Sultan oder Scheich Achmed zu denken. Morgen früh würden sie als Erstes eine Clubsitzung abhalten und die nächsten Schritte besprechen. Bis dahin musste Kim unbedingt neue Kraft schöpfen, um genug Energie für die weiteren Ermittlungen zu haben. Sie hatte das Gefühl, dass die Lösung des Falls zum Greifen nah war. Vielleicht sogar zu nah. Sie brauchte dringend etwas Abstand, wenn sie die entscheidenden Verbindungen herstellen und Zaras Entführer fassen wollte.

Kim trat ans Meer und betrachtete die dunkle Wasseroberfläche. Sie versuchte, an nichts zu denken, aber das war gar nicht so einfach. Ihr fiel ein, dass sie Michi heute die versprochene SMS nicht geschickt hatte, und sie bekam sofort ein schlechtes Gewissen. Warum war Michi so weit weg? Warum konnte er jetzt nicht bei ihr sein? Sie hätte so gerne ihren Kopf an seine Schulter gelehnt und seine Nähe gespürt …

»Hallo, Kim.«

Kim fuhr herum. Hinter ihr stand Sandro. Diesmal trug er keine Uniform, sondern eine verwaschene Jeans und ein Kapuzen-Sweatshirt. Der legere Freizeitdress stand ihm aber mindestens genauso gut. Er lächelte Kim an. »Sorry, ich wollte dich nicht erschrecken.«

Kim schluckte. »Kein Problem.« Ihr Herz klopfte wie verrückt und ihr Hals war plötzlich ganz trocken.

»Möchtest du lieber allein sein?«, fragte Sandro.

Kim schüttelte schnell den Kopf. »Nein. Ist schon okay. Ich … ich wollte nur ein bisschen frische Luft schnappen.«

»Ich auch. Lust auf einen Spaziergang?«

»Gerne.« Wie ein ferngesteuerter Automat setzte sich Kim in Bewegung. Sie spürte das Kribbeln in ihrem Bauch und die magische Anziehungskraft, die von Sandro ausging. Warum hatte er so eine starke Wirkung auf sie? Kim konnte sich einfach nicht dagegen wehren.

»Ist das nicht eine tolle Nacht?«, fragte Sandro. »Ich finde das Meer nachts fast schöner als tagsüber.«

Kim nickte. »Ich weiß, was du meinst. Es ist so still und friedlich. Als würde einem das Meer ganz allein gehören.«

»Genau.« Sandro sah Kim von der Seite an. »Es ist schön, dich wiederzusehen.«

Kim lächelte verlegen. »Ich freue mich auch.« Dann fragte sie so beiläufig wie möglich: »Wo hast du eigentlich gesteckt? In den letzten Tagen warst du wie vom Erdboden verschluckt.«

Sandros Gesicht verschloss sich und er wandte den Blick ab. »Ich hatte zu tun.«

Schweigend gingen sie weiter. Kim biss sich auf die Unterlippe. Hatte sie etwas Falsches gesagt? Oder war sie Sandro mit ihrer Frage zu nahe getreten? Eigentlich ging es sie ja nichts an, womit er seine Zeit verbrachte. Hoffentlich dachte er jetzt nicht, sie würde ihm nachlaufen. Vielleicht sollte sie sich einfach verabschieden und umkehren. Noch war es nicht zu spät. Aber ihre Füße liefen immer weiter und ihr Mund blieb stumm.

Kim wusste nicht, wie viel Zeit vergangen war, als Sandro plötzlich stehen blieb und sich zu ihr umdrehte. »Wollen wir uns ein bisschen hinsetzen?«

Kim nickte und ließ sich neben Sandro in den Sand fallen. Das Hotel war hinter ihnen in der Dunkelheit verschwunden. Sie waren allein mit dem Meer, dem Mond und den Sternen.

Sandro starrte nachdenklich aufs Wasser. »Meinst du, es war Zufall, dass wir uns vorhin am Strand getroffen haben?«

Kim zögerte. »Ich weiß nicht …«
»Ich glaube, es war Schicksal.« Sandros dunkle Augen funkelten, als er Kim ansah. »Weißt du eigentlich, wie sehr du mich durcheinanderbringst?« Sein Blick war so intensiv, dass Kim eine Gänsehaut bekam.
»Ist dir kalt?« Sandro rückte etwas näher an sie heran und nahm ihre Hand. Sofort wurde Kim von einer angenehmen Wärme durchströmt und ihr ganzer Körper begann zu prickeln. Sie wollte ihre Hand wegziehen, aber sie war wie hypnotisiert von Sandros Blick, der sie nicht mehr losließ.
»Ich … ich muss dir etwas sagen«, stammelte sie. »Ich habe einen …«
Aber Sandro legte einen Finger auf Kims Lippen, ehe sie den Satz beenden konnte, und Kim bekam keinen Ton mehr heraus. Sandro beugte sich zu ihr hinüber. Sein Gesicht kam immer näher. Kim wollte aufspringen und wegrennen, gleichzeitig hätte sie am liebsten ihre Arme um Sandros Hals geschlungen und ihn nie mehr losgelassen. Gleich würden ihre Lippen sich berühren …
Plötzlich wurde die nächtliche Stille von einem immer lauter werdenden Knattern unterbrochen. Kim zuckte zusammen und Sandro zog seinen Kopf zurück. Der magische Moment war vorüber. Kim wusste nicht, ob sie erleichtert oder enttäuscht sein sollte. Wahrscheinlich beides.
Sie räusperte sich. »Was ist das?«
»Klingt wie ein Motorboot.« Sandro starrte mit zusammengekniffenen Augen aufs Meer. Tatsächlich tauchte nach kurzer Zeit ein kleines Boot aus der Dunkelheit auf. Es steuerte auf einen Anleger zu, der sich rechts von ihnen befand und

den Kim bisher nicht bemerkt hatte. Das Boot legte an und das Brummen des Motors verstummte.
Kim runzelte die Stirn. Warum verirrte sich mitten in der Nacht ein Boot in diese Einöde? Hier war doch nichts! Sie wollte gerade eine Bemerkung deswegen machen, als ihr eine Gestalt auffiel, die in einiger Entfernung über den Strand huschte. Zum Glück saßen Kim und Sandro in einer kleinen Mulde und der Mond war gerade hinter einer vorbeiziehenden Wolke verschwunden, sodass sie unbemerkt blieben. Kim drückte Sandros Hand und zeigte stumm auf die Gestalt. Sie war inzwischen beim Bootssteg angelangt und lief leichtfüßig über die Planken. Kim war sich ziemlich sicher, dass es eine Frau war. Sie trug einen dunklen Mantel mit Kapuze, der Kim irgendwie bekannt vorkam. In diesem Moment tauchte der Mond wieder hinter der Wolke auf. In seinem silbrigen Licht sah Kim, wie sich die Gestalt die Kapuze vom Kopf zog. Sie sog scharf die Luft ein. Es war Zaras Tante! Und sie hatte sich in Zaras dunkelbraunen Mantel gehüllt.
Wie gebannt starrte Kim zum Bootssteg hinüber. Der Mond ließ sie nicht im Stich, sondern leuchtete so hell, dass Kim auch ohne Fernglas ziemlich genau mitbekam, was vor sich ging. Zaras Tante sprach kurz mit dem Mann, der das Boot gesteuert hatte. Dann überreichte sie ihm ein großes Bündel. Kim kniff die Augen zusammen, konnte aber nicht so richtig erkennen, was sich in dem Bündel befand. War es Wäsche? Oder eine Decke? Was hatte das zu bedeuten? Da löste sich etwas aus dem Bündel und fiel polternd zu Boden. Im Mondschein blitzte etwas Goldenes auf. Der Mann bückte

sich sofort und hob den Gegenstand auf. Kim riss ungläubig die Augen auf und schlug sich die Hand vor den Mund. Vor Überraschung hätte sie beinahe aufgeschrien, aber sie konnte sich im letzten Moment zurückhalten. Der Mann hielt einen schokobraunen Ballerina mit auffälligem Goldbesatz in der Hand. Zaras Schuh!

»Was ist los?«, flüsterte Sandro. Seine Lippen kitzelten an Kims Ohr.

Kim schüttelte stumm den Kopf. Zaras Tante durfte sie auf keinen Fall entdecken. Nachdem der Mann das Bündel im Boot verstaut hatte, verabschiedete er sich mit einer tiefen Verbeugung von Selma. Sie nickte ihm kurz zu, zog sich die Kapuze wieder über den Kopf und überquerte eilig den Strand, bis die Dunkelheit sie verschluckt hatte. Kurze Zeit später sprang irgendwo hinter Kim und Sandro ein Wagen an. Fast gleichzeitig startete der Mann seinen Außenbordmotor und das Boot entfernte sich knatternd.

Kim sprang auf. Sie atmete so heftig, als hätte sie soeben einen Tausendmeterlauf hinter sich gebracht. »Das war Zaras Tante!«

Sandro nickte nachdenklich. »Ja, ich hab sie auch erkannt. Ich frage mich, was sie mitten in der Nacht hier macht …«

»Sie hat dem Mann im Boot Klamotten von Zara gebracht!«, rief Kim.

»Was?« Nun erhob sich Sandro ebenfalls. »Bist du sicher?«

Kim nickte. »Ganz sicher. Ich hab Zaras Schuh wiedererkannt. Ich muss unbedingt wissen, wo das Boot hinfährt.«

»Schnell!« Sandro griff nach Kims Hand und zog sie über den Strand zum Bootssteg. Sie rannten bis zum Ende des

Stegs. Die Lichter des Bootes waren in einiger Entfernung immer noch zu sehen. Kim war viel zu aufgeregt, um sich darüber zu wundern, dass Sandro über Zara bestens im Bilde zu sein schien. Er stellte keine einzige Frage, sondern konzentrierte sich voll und ganz darauf, das Boot nicht aus den Augen zu verlieren. Die Lichter beschrieben eine Kurve, bevor sie plötzlich verschwanden.

»Nanu!« Kim blinzelte verdutzt. »Wo ist das Boot denn plötzlich hin?«

»Ich glaube, ich weiß, wo es ist«, sagte Sandro. »Es kann eigentlich nur ein Ziel angesteuert haben: die *île des Rochers*, die Felseninsel.«

»Felseninsel?« Kim runzelte die Stirn. »Nie gehört.«

»Das ist eine kleine Insel ein Stück vor der Küste«, erklärte Sandro. »Sie besteht hauptsächlich aus kargen Felsen und verbrannter Erde, darum verirren sich auch nie Touristen dorthin. Es gibt einfach nichts zu sehen. Außerdem ist die Strömung vor der Insel sehr tückisch, sodass man nur schwer mit dem Boot anlegen kann.«

Kim sah in die Dunkelheit. Irgendwo in dieser nachtschwarzen Finsternis befand sich die Felseninsel. Konnte es sein, dass Zara dort gefangen gehalten wurde? Warum sonst brachte der Mann im Boot ihre Klamotten dorthin? Aber was hatte Tante Selma damit zu tun?

Kim straffte die Schultern und sah Sandro fest an. »Ich brauche deine Hilfe. Ich muss auf die Felseninsel. Sofort!«

Sandro erwiderte schweigend Kims Blick. Dann nickte er. »Okay, ich helfe dir. Aber vorher solltest du etwas wissen …«

Kim schüttelte heftig den Kopf. »Wir haben jetzt keine Zeit

für lange Erklärungen! Ich weiß, dass die Aktion nicht ungefährlich ist, das brauchst du mir nicht extra zu sagen.«

»Nein, nein, darum geht es nicht, es ist etwas anderes …«, versuchte Sandro es noch einmal.

»Wir müssen uns beeilen!«, unterbrach ihn Kim. »Wir brauchen ein Boot und ich muss Franzi und Marie Bescheid sagen.« Sie zückte ihr Handy und rief Franzis Nummer auf. Dass Sandro leise seufzte, bemerkte Kim nicht. Alles, woran sie im Moment denken konnte, war Zara. Sie mussten es einfach schaffen, sie zu retten!

Die Felseninsel

Eine halbe Stunde später hockten die drei !!! dicht gedrängt in einem kleinen Motorboot, das über die Wasseroberfläche jagte. Sandro saß am Steuer und hielt Kurs auf ein massiges, schwarzes Gebilde, das allmählich vor ihnen aus der Dunkelheit auftauchte.

»Das ist die Felseninsel!«, rief er über den Motorlärm hinweg.

»Sieht irgendwie unheimlich aus«, murmelte Marie, die immer noch ihren Aerobicdress und Turnschuhe trug. Kims Notruf hatte sie während des Work-outs mit Hubertus erreicht und sie hatte sich nur schnell einen Mantel übergeworfen, bevor sie gemeinsam mit Franzi zum Bootsanleger des Hotels geeilt war. Dort hatten Kim und Sandro bereits neben dem Motorboot gewartet.

»Gehört das Boot dir?«, fragte Franzi.

Sandro nickte stolz. »Es hat 115 PS. Damit bekommt man richtig Speed. Ist ziemlich praktisch, wenn man es eilig hat oder die Küstenstraße verstopft ist.«

Kim runzelte die Stirn. Warum konnte sich Sandro so ein schickes Boot leisten? Auch wenn sie sich nicht besonders gut auskannte, wusste sie, dass man ein Motorboot eigentlich nicht vom Gehalt eines Hotelboys bezahlen konnte. Irgendetwas stimmte da nicht …

»Echt nett von dir, dass du uns hilfst, Sandro.« Marie lächelte. Dann sah sie zu Kim. »Habt ihr euch eigentlich zufällig am Strand getroffen?«

Kim schreckte aus ihren Grübeleien auf und wurde rot. »Äh … ja … das war reiner Zufall. Sandro und ich sind ein bisschen spazieren gegangen und dann tauchte plötzlich dieses Boot auf …«
»Spazieren gegangen, aha.« Franzi grinste vielsagend.
Marie zwinkerte ihr zu. »So nennt man das also heute.«
Kim schaute die beiden wütend an. »Es war nicht so, wie ihr denkt.«
»Ach nein?« Marie machte ein unschuldiges Gesicht. »Wie war es dann?«
»Wir sind gleich da!«, rief Sandro, der so tat, als hätte er von dem kleinen Geplänkel nichts mitbekommen. Kim war ihm unendlich dankbar dafür. Manchmal waren ihre Freundinnen echte Ober-Nervensägen!
Sandro steuerte eine schmale Bucht an. Plötzlich begann das Boot gefährlich zu schwanken.
»Festhalten!«, rief Sandro. Er machte ein konzentriertes Gesicht und lenkte das Boot geschickt durch die gefährliche Strömung. Kim krallte sich an der Reling fest und schloss die Augen. Sie war sich ganz sicher, dass sie jeden Moment kentern würden. Die Strömung würde sie unbarmherzig nach unten ziehen und sie müsste bis in alle Ewigkeit als Wasserleiche auf dem Meeresgrund treiben …
»Geschafft!« Sandros Stimme holte sie in die Wirklichkeit zurück. »Wir sind da.«
Ein heftiger Ruck erschütterte das Boot und Kim wäre beinahe von der Sitzbank gekippt. Sie riss die Augen auf und sah, dass sie auf einer schmalen Sandbank gelandet waren. Rechts und links von ihnen ragten hohe Felsen auf. Mit

zitternden Knien stieg Kim aus. Neben ihnen lag noch ein Boot.

»Habt ihr dieses Boot am Strand gesehen?«, fragte Franzi.

Sandro nickte. »Das ist es. Ich schätze, wir sind hier richtig. Und was machen wir jetzt?«

»Wir suchen die Insel ab.« Kim versuchte, ihrer Stimme einen festen Klang zu geben. Die anderen – vor allem Sandro – sollten auf keinen Fall merken, wie mulmig ihr zumute war. Mitten in der Nacht auf einer verlassenen Insel herumzulaufen war einfach nicht ihr Ding. »Zara muss hier irgendwo sein, da bin ich ganz sicher«, fügte Kim hinzu, um sich selbst Mut zu machen. »Wir müssen sie finden – und zwar so schnell wie möglich.«

Auf leisen Sohlen schlichen die drei !!! und Sandro den Pfad entlang, der zwischen den Felsen von der Bucht ins Innere der Insel führte. Sandro hatte recht gehabt: Die Insel war weder besonders groß noch besonders schön. Die kargen Felsen, die sie umschlossen wie ein steinerner Ring, ließen sie wie eine Festung wirken. Das Innere der Insel bestand hauptsächlich aus harter, staubiger Erde, auf der nur ein paar kümmerliche Grasbüschel und dornige, halb vertrocknete Büsche wuchsen. Hier gab es wirklich nichts zu sehen. Kim schluckte. Hatte sie sich getäuscht? War Zara doch nicht hier? Doch dann erreichten sie eine Hügelkuppe, von der aus sie zum anderen Ende der Insel sehen konnten. Kim hielt den Atem an. Dort stand ein Leuchtturm! Direkt auf den Klippen! Er musste sehr alt sein und hatte bestimmt schon vielen Stürmen getrotzt. Obwohl er vermutlich lange außer Betrieb war und der Zahn der Zeit unerbittlich an seiner steinigen

Fassade nagte, thronte er immer noch stolz auf den Felsen, als wäre er jederzeit bereit, vorbeifahrende Schiffe vor der tückischen Strömung zu warnen.
»Da oben brennt Licht!«, flüsterte Franzi. Sie zeigte auf die Spitze des Leuchtturms, in der sich früher vermutlich das Leuchtfeuer befunden hatte. Ein schwaches Licht, das beinahe von der Dunkelheit verschluckt wurde, flackerte dort geisterhaft in der Nacht.
Kim schluckte. »Wir müssen nachsehen, ob Zara im Leuchtturm ist. Und zwar jetzt gleich, solange es noch dunkel ist.« Sie wollte losrennen, aber Sandro hielt sie fest. »Das ist viel zu gefährlich«, sagte er eindringlich. »Wenn Zara wirklich dort ist, wird sie bestimmt bewacht. Und gegen Scheich Achmeds Leibgarde habt ihr keine Chance.«
»Für einen Hotelboy bist du ziemlich gut informiert.« Kim sah Sandro scharf an. Er wich ihrem Blick aus und schaute zu Boden.
»Was ist jetzt?«, fragte Franzi ungeduldig. »Wollen wir Zara retten oder nicht?«
Kim nickte. »Auf zum Leuchtturm – aber so leise wie möglich!«
Wie lautlose Schatten huschten die drei !!! über das staubige Gras. Zwischendurch suchten sie immer wieder Deckung hinter den mickrigen Dornenbüschen. Jetzt verfluchte Kim den Mond. In seinem hellen Licht waren sie für einen Späher im Leuchtturm vermutlich kaum zu übersehen. Aber sie hatten keine andere Wahl. Es kam nicht infrage, so kurz vor dem Ziel einen Rückzieher zu machen. Jede Minute, die Zara in Gefangenschaft verbrachte, war eine Minute zu viel.

Als sie den Leuchtturm ohne Zwischenfälle erreicht hatten, atmete Kim auf. Vielleicht hatten sie ja Glück und die Wache war eingeschlafen oder durch irgendetwas abgelenkt. Kim wollte gerade die schwere Holztür öffnen, als sich von hinten eine Hand auf ihre Schulter legte. Sie fuhr herum und schrie auf. Sie schaute in ein komplett vermummtes Gesicht. Nur zwei stechende Augen waren hinter einer schwarzen Wollmaske zu sehen. Sie blickten Kim so kalt an, dass sie das Gefühl hatte, von innen zu erfrieren. Ein zweiter, ebenfalls maskierter Mann hielt Marie und Franzi in Schach.

»Lassen Sie uns sofort los!«, rief Franzi ärgerlich. Sie war blass, aber ihre Wut schien ihr Kraft zu geben. »Sie haben kein Recht, uns festzuhalten!«

Die beiden Männer sahen sich kurz an. Dann packten sie die Mädchen und stießen sie in den Leuchtturm, ohne ein einziges Wort zu verlieren. Kim warf einen letzten Blick ins Freie, doch Sandro war nirgendwo zu sehen. Die Nacht schien ihn verschluckt zu haben. Dann schlug die Tür hinter ihnen zu. Sie waren gefangen.

Die Wendeltreppe nahm einfach kein Ende. Sie schraubte sich immer höher. Kim hatte das Gefühl, sie würden schon seit Stunden im Kreis gehen. Stufe für Stufe für Stufe. Ihr war schwindelig und ihre Waden brannten wie Feuer. Sie musste an ihren guten Vorsatz denken, sich etwas mehr zu bewegen. Was für eine Ironie des Schicksals, dass sie jetzt gezwungen wurde, sich eine ellenlange Treppe hinaufzuquälen. Kim schwor sich, ab sofort immer den Fahrstuhl zu benutzen, wenn es einen gab. Und wenn sie hier jemals wieder

herauskam. Der maskierte Mann hinter Kim stieß ihr unbarmherzig in den Rücken. Weiter, immer weiter.
Endlich erreichten sie den obersten Treppenabsatz und blieben stehen.
»Was soll das alles?«, schimpfte Franzi. »Lassen Sie uns gehen, und zwar sofort!«
»Können Sie mich verstehen?«, fragte Marie. Sie sprach laut und besonders deutlich, als hätte sie zwei Schwerhörige vor sich. »Wer sind Sie?«
Doch die Männer reagierten nicht. Ihr Schweigen war fast noch unheimlicher als irgendwelche Drohungen. Kim wünschte, sie hätte auf Sandro gehört. Es war wirklich sehr leichtsinnig gewesen, sich ohne Verstärkung in die Höhle des Löwen zu wagen. Und diesmal konnten sie nicht einmal auf die Hilfe von Kommissar Peters hoffen, ihrem guten Freund zu Hause im Polizeikommissariat, der ihnen schon öfter aus der Patsche geholfen hatte. Er saß weit weg in Deutschland und konnte absolut nichts für sie tun. Ganz davon abgesehen, dass die beiden Maskierten ihnen unten die Handys abgenommen hatten, damit sie keine Hilfe rufen konnten. Sie waren auf sich allein gestellt.
Einer der maskierten Männer schloss die schwere Tür auf und der andere schob die drei !!! blitzschnell in den dahinterliegenden Raum. Bevor sie auch nur die geringste Chance hatten, sich zu wehren, wurde die Tür wieder zugeschlagen und der Schlüssel drehte sich herum.
»He!« Franzi trommelte mit beiden Fäusten gegen die Tür. »Was soll der Mist? Machen Sie sofort wieder auf! Das gibt riesengroßen Ärger, ist Ihnen das eigentlich klar?«

Franzis Schimpftirade wurde von einem spitzen Schrei unterbrochen. Die drei !!! fuhren herum und erstarrten – aber diesmal vor Freude.

»Zara!«, rief Kim, nachdem sie die Prinzessin erkannt hatte, und fiel ihr um den Hals.

»Was macht ihr denn hier?« Zara drückte Kim an sich, danach umarmte sie auch Franzi und Marie. »Mensch, tut das gut, euch zu sehen!«

»Wir haben nach dir gesucht«, sagte Franzi.

»Was?« Zara riss die Augen auf. »Ihr müsst mir alles erzählen!«

Die Mädchen setzten sich nebeneinander auf Zaras Bett und Kim berichtete, wie sie auf die Insel gekommen waren. »Deine Tante muss irgendetwas mit der Entführung zu tun haben«, schloss sie.

»Vielleicht hat Scheich Achmed sie bestochen, damit sie Zara ausliefert«, überlegte Franzi.

Zara runzelte die Stirn. »Das glaube ich nicht. Tante Selma ist meinem Vater treu ergeben. Sie würde ihn niemals hintergehen.« Sie sah die drei !!! verwirrt an. »Ich verstehe das alles nicht!«

»Wir kriegen schon noch heraus, was hier los ist.« Marie legte ihr beruhigend den Arm um die Schulter. »Wie ist deine Entführung abgelaufen? Hast du die Männer erkannt?«

Zara schüttelte den Kopf. »Leider nicht. Sie waren die ganze Zeit maskiert. Und sie reden kein Wort, als wären sie stumm. Das ist echt unheimlich.« Sie schauderte, dann fuhr sie mit leiser Stimme fort. »Die Entführer haben mir vor der Hotelsuite aufgelauert, als ich vom Treffen mit Farid kam.

Sie waren zu viert, ich hatte keine Chance. Sie haben mir ein Stück Stoff in den Mund gestopft, damit ich nicht schreien kann, und mir einen Sack über den Kopf gezogen. Dann wurde ich mit einem Boot auf die Insel gebracht.«

Kim schluckte. »Das muss furchtbar für dich gewesen sein.«

»Ja.« Zaras Stimme begann zu zittern. »Ich konnte nichts sehen und habe kaum Luft gekriegt. Ich hatte schreckliche Angst zu ersticken ...« Sie verstummte.

»Diese Schweine!« Franzi ballte wütend die Fäuste. »Wie konnten sie dir das nur antun? Aber denen werden wir es schon noch zeigen!«

»Erst mal müssen wir hier rauskommen«, stellte Kim pragmatisch fest. »Hat irgendjemand eine Idee?«

Zara seufzte. »Vergiss es. Ich hab schon alles ausprobiert. Die Tür ist abgeschlossen. Das Holz ist so dick, dass wir sie nicht mal zu dritt eintreten können. Außerdem steht draußen eine Wache. Einen anderen Ausgang gibt es nicht. Abgesehen von den Fenstern natürlich. Aber da müsste man schon ein Vogel sein ...«

Kim schaute sich in dem kleinen, kreisrunden Raum um, der für eine Gefängniszelle relativ behaglich eingerichtet war. Das Bett nahm den meisten Raum ein. Daneben stapelten sich Bücher und auf einem Tischchen stand ein Tablett mit einer Teekanne und einer halb leeren Packung Kekse. Von der Decke baumelte eine Gaslampe, deren Schein die Mädchen von draußen gesehen hatten. Der Raum war rundherum von einer Fensterfront umgeben, durch die man bei Tageslicht einen phänomenalen Blick über die Insel und das Meer haben musste. Jetzt sah Kim allerdings nur nacht-

schwarze Dunkelheit, die gegen die Scheiben drückte. Weit, weit unten schlugen die Wellen gegen die Felsen, die das Fundament des Leuchtturms bildeten.
Kim seufzte. Zara hatte recht. Ihre Entführer hatten den Ort perfekt gewählt. Aus diesem Gefängnis gab es kein Entkommen. Sie saßen fest.

Rettendes Feuer

»Verflixt!« Franzi seufzte. »Wir müssen uns etwas einfallen lassen. Ich hab keine Lust, hier oben zu versauern.«

»Spätestens wenn wir nicht zum Frühstück erscheinen, wird mein Vater Alarm schlagen«, sagte Marie. »Dann schicken sie bestimmt einen Suchtrupp los.«

»Das dauert mir zu lange!« Franzi lief unruhig in dem engen Gefängnis auf und ab. Sie hasste es, eingesperrt zu sein. »Außerdem kommen die garantiert nicht auf die Idee, hier auf der Insel zu suchen.«

»Seht mal, da!« Kim, die immer noch aus dem Fenster starrte, zeigte auf einen hellen Punkt am anderen Ende der Insel. »Was ist das?«

Zara, Franzi und Marie stürzten zum Fenster. »Feuer!«, rief Zara.

Fasziniert beobachteten die Mädchen, wie die Flammen immer höher in den Nachthimmel schlugen. Jetzt war das Feuer nicht mehr zu übersehen.

»Da! Noch eins!«, rief Franzi aufgeregt.

Tatsächlich! In einiger Entfernung vom ersten Feuer loderte ein zweites auf. Und kurze Zeit später ein drittes und ein viertes. Es sah gespenstisch aus, wie die Flammen in der Dunkelheit tanzten.

»Was geht da vor sich?«, murmelte Kim.

»Das fragen sich unsere Bewacher offenbar auch«, stellte Marie fest.

Im Leuchtturm war Unruhe ausgebrochen. Ein schriller

Pfiff ertönte, dann hörten die Mädchen leise Stimmen vor ihrer Tür und anschließend polternde Schritte. Jemand lief die Treppe hinunter. Kurze Zeit später schwärmten mehrere leuchtende Punkte in die Nacht hinaus. Sie steuerten auf die Feuer zu, die sich alle auf der linken Seite der Insel befanden.
»Das müssen die Maskierten sein«, sagte Franzi. »Sie haben Taschenlampen dabei. Wahrscheinlich wollen sie nachsehen, wer ihre Insel in Brand steckt.«
Marie ging zur Tür und lauschte, aber es war nichts zu hören. Sie trommelte gegen das schwere Holz und rief: »He! Ist da jemand?« Alles blieb still. Grinsend drehte sie sich zu den anderen um. »Unser Aufpasser ist weg! Diese Idioten lassen uns doch tatsächlich unbewacht hier oben zurück!«
Franzi zuckte mit den Schultern. »Na und? Wir können doch sowieso nicht abhauen. Die Tür ist abgeschlossen, schon vergessen?«
»Keineswegs.« Maries Augen funkelten verschmitzt. »Fragt sich nur, wie lange noch.« Sie sah sich um. »Gibt's hier irgendwo Papier?«
Zara griff nach einem Schreibblock, der auf dem Tischchen neben ihrem Bett lag, und riss ein Blatt heraus.
Kim runzelte die Stirn. »Was willst du damit? Einen Hilferuf schreiben und per Flaschenpost abschicken?«
»Wart's ab«, sagte Marie geheimnisvoll. Sie faltete das Blatt in der Mitte und schob es unter der Tür hindurch, bis nur noch ein schmaler Streifen hervorschaute. Dann kramte sie eine Haarnadel aus ihrer Manteltasche und begann, damit im Schloss herumzustochern. Nach einer Weile fiel auf der anderen Seite der Tür etwas polternd zu Boden. »Na bitte!«

Marie machte ein zufriedenes Gesicht. »So, jetzt wird's spannend ...« Vorsichtig zog sie das Papier durch den Spalt unter der Tür zurück. Auf dem Blatt lag der Schlüssel! Marie drehte sich triumphierend zu ihren Freundinnen um. »Was sagt ihr jetzt?«

Erst einmal sagte niemand etwas. Die anderen starrten sprachlos auf den Schlüssel.

»Wahnsinn!«, hauchte Franzi schließlich. Sie warf Marie einen anerkennenden Blick zu. »Du überraschst mich immer wieder. Woher wusstest du, dass der Schlüssel im Schloss steckt? Er hätte ja auch abgezogen sein können.«

»Wusste ich gar nicht«, sagte Marie. »Das war reines Glück.«

»Irre!« In Zaras Stimme schwang Bewunderung mit. »So was hab ich noch nie gesehen! Ihr habt echt tolle Tricks drauf.«

»Eigentlich ist der Trick uralt«, gab Marie zu. Sie hob den Schlüssel auf und steckte ihn ins Schloss. »Ich hab ihn aus einem Kinderbuch, das ich früher total toll fand. Nachdem ich das Buch gelesen hatte, hab ich wochenlang auf dem Dachboden Ausbrechen geübt. Dort war die einzige Tür, bei der der Spalt zwischen Tür und Boden breit genug war. Sonst funktioniert es nämlich nicht.« Marie drehte den Schlüssel herum und öffnete die Tür. *»Voilà!* Die Freiheit hat uns wieder.«

»Nichts wie weg hier!« Franzi verließ das Gefängnis als Erste. Die anderen folgten ihr. Marie schloss schnell von außen wieder ab und ließ den Schlüssel stecken, damit die Entführer nicht gleich merkten, dass sie geflohen waren.

So schnell wie möglich rannten die Mädchen die steile Wendeltreppe hinunter. Unten spähte Franzi vorsichtig um die

Ecke, aber offenbar hatten die Entführer keine Wache am Leuchtturm zurückgelassen.
»Ganz schön leichtsinnig«, murmelte Franzi. »Die halten uns offenbar für ängstliche Hühner, die brav in ihrem Gefängnis hocken bleiben. Aber da haben sie sich geschnitten!«
Zara kicherte. »Ich würde zu gern die Gesichter der Entführer sehen, wenn sie merken, dass wir nicht mehr da sind.«
»Ich nicht.« Kim schauderte. »Bis dahin sind wir hoffentlich schon weit weg. Auf zum Boot!«
Wie lautlose Schatten huschten die Mädchen über die Insel. Der Mond war mittlerweile hinter einer dichten Wolkendecke verschwunden und die Dunkelheit bot ihnen Schutz. Trotzdem hämmerte Kims Herz wie verrückt. Sie erwartete, jeden Moment einem der Entführer gegenüberzustehen. Was, wenn sie eine Wache in der Bucht postiert hatten? Oder wenn ihr Boot nicht mehr da war? Ein Glück, dass die Feuer auf der anderen Seite der Insel brannten. So hatten sie eine realistische Chance, ungesehen zur Bucht zu gelangen. Und wenn sie erst mal im Boot saßen, waren sie schon fast in Sicherheit …
Als sie die rettende Bucht beinahe erreicht hatten, sprang plötzlich eine dunkle Gestalt aus dem Gebüsch und stellte sich ihnen in den Weg. Es war einer der maskierten Männer. Kim starrte ihn entsetzt an. Sie war vor Schreck wie versteinert. Das war's. Es war aus und vorbei, ihre Flucht war zu Ende. Gegen diesen Kleiderschrank hatten sie nicht die geringste Chance.
Der Mann kam drohend näher. Die Mädchen wichen zurück. Zara war sehr bleich, doch auf ihrem Gesicht lag eine

wilde Entschlossenheit. »Ich lasse mich nicht noch einmal einsperren«, zischte sie. »Niemals! Lieber sterbe ich!« Mit einem Schrei, der Kim das Blut in den Adern gefrieren ließ, stürzte sie sich auf den Mann. Sie schwang ein Bein hoch in die Luft und verpasste ihm einen kräftigen Tritt gegen das Kinn. Der Maskierte war so überrascht, dass er nicht einmal versuchte auszuweichen. Zaras Fuß traf ihn mit voller Wucht und er taumelte zurück. In seinen Augen lag ein so verdutzter Ausdruck, dass Kim beinahe lachen musste.

»Auf ihn mit Gebrüll!«, rief Franzi und stürzte sich ebenfalls auf den Mann. Sie trat ihm gegen das Schienbein, bevor er sich von seiner Überraschung erholen konnte. Der Mann stieß einen Fluch in einer fremden Sprache aus. Seine Stimme kam Kim irgendwie bekannt vor, aber sie hatte keine Zeit, länger darüber nachzudenken. Gemeinsam mit Marie schubste sie den Entführer zur Seite, sodass er in einem Dorngestrüpp landete. Dabei rutschte seine Maske nach oben und für den Bruchteil einer Sekunde konnte Kim sein Gesicht sehen. Ihr stockte der Atem. Es war Ali, der persönliche Leibwächter des Sultans!

»Lauft!«, rief Franzi. »Zum Boot! Schnell!«

Automatisch rannte Kim los, während sich in ihrem Kopf die Gedanken überschlugen. Was machte Ali hier? Steckte er mit dem Scheich unter einer Decke? Oder arbeitete er auf eigene Rechnung und wollte vom Sultan Lösegeld erpressen? Hinter ihr rappelte sich Ali wieder auf und folgte ihnen. Kim konnte seine schweren Schritte hören. Er hinkte leicht, aber es würde trotzdem nicht lange dauern, bis er sie eingeholt hatte. Sie mussten sich beeilen.

Zum Glück war es nicht mehr weit bis zur Bucht. Sie rannten den schmalen Weg zwischen den Felsen entlang. Kim schickte ein Stoßgebet zum Himmel. Hoffentlich war das Boot noch da! Was, wenn Sandro sich damit längst aus dem Staub gemacht hatte? Dann gab es keine Rettung mehr.
Das Boot lag bereits im Wasser, bereit zur Abfahrt. Sandro saß am Steuer. Als die Mädchen in die Bucht stürmten, warf er sofort den Motor an. Nacheinander sprangen sie ins Boot. Kim hing noch halb über der Reling, als Ali die Bucht erreichte. Er rannte über den Strand, machte einen Hechtsprung ins flache Wasser und griff nach Kims Beinen. Kim spürte seine Hand an ihrem Knöchel und stieß einen Schrei aus. In diesem Moment heulte der Motor auf und Sandro gab Gas. Das Boot machte einen Satz nach vorn und Ali blieb fluchend zurück. Franzi und Marie zogen Kim ins Boot. Ihre Hose war klitschnass und sie zitterte am ganzen Körper. Trotzdem war sie wahnsinnig erleichtert. Endlich waren sie in Sicherheit. Sie hatten es geschafft!
»Alles in Ordnung?«, fragte Sandro.
Kim strich sich eine feuchte Haarsträhne aus der Stirn und nickte. »Du hast die Feuer auf der Insel angezündet, stimmt's? Um die Wachen abzulenken.«
Sandro nickte. »Zum Glück haben die Dornenbüsche gebrannt wie Zunder.«
Kim lächelte ihm zu. »Danke, Sandro.«
Plötzlich schrie Zara auf. »Sandro? Bist du's wirklich?«
Sandro zog sich die Kapuze vom Kopf, die sein Gesicht bisher größtenteils verdeckt hatte. »Allerdings. Hallo, Prinzessin. Wie geht's denn so?«

Zara sprang auf und fiel Sandro mit einem Freudenschrei um den Hals. Kim schluckte und ihr Herz zog sich zusammen. Es tat weh, Sandro in den Armen eines anderen Mädchens zu sehen. War sie etwa eifersüchtig?
»Ihr kennt euch?«, fragte Franzi verdutzt.
»Allerdings.« Zara ließ Sandro wieder los. In ihren Augen glitzerten Freudentränen. »Sandro ist Farids bester Freund – und meiner auch.«
»Farid wartet schon am Strand auf uns«, berichtete Sandro. »Ich hab ihn angerufen, als ich in der Bucht auf euch gewartet habe.«
»Dann bist du also gar kein Hotelboy?« Jetzt gingen Kim einige Lichter auf. »Du hast dich undercover ins Hotel geschmuggelt, stimmt's?«
Sandro nickte. »Das war Farids Idee. Ich sollte ein Auge auf Zara haben, ohne dass sie und ihre Bewacher es merken.«
»Darum bist du also am Pool so schnell abgehauen!«, rief Kim.
»Stimmt.« Sandro machte ein bedauerndes Gesicht. »Dabei hätte ich mich viel lieber noch etwas mit dir unterhalten. Aber wenn Zaras Tante oder Ali mich gesehen hätten, wäre meine Tarnung aufgeflogen.«
Plötzlich fiel Kim etwas ein. »Ich hab Ali gerade auf der Insel gesehen.«
»Was?«, riefen Zara, Franzi und Marie gleichzeitig.
»Er war es, der uns vor der Bucht aufgelauert hat«, berichtete Kim. »Als er nach dem Kampf seine Maske verloren hat, habe ich ihn erkannt.«
»Was hat das zu bedeuten?«, fragte Zara verwirrt. »Ali ist

der treuste Diener meines Vaters. Er würde ihn nie hintergehen.«

»Genau.« Kim nickte langsam. In ihrem Kopf fügte sich blitzschnell alles zusammen. Das Bild, das dabei entstand, war alles andere als schön. Kim hätte Zara die bittere Wahrheit gerne erspart, aber sie wusste, dass das unmöglich war. Sie nahm Zaras Hand und drückte sie. »Dein Vater hat dich entführt, Zara. Es gibt keine andere Möglichkeit. Ali und deine Tante haben ihm geholfen. Die anderen Männer auf der Insel müssen ebenfalls zur Leibgarde deines Vaters gehören.«

Zara sah Kim entsetzt an. Ihre Augen füllten sich mit Tränen, aber sie weinte nicht. Ihr Gesicht war so starr wie eine Maske. »Darum waren sie also vermummt und haben kein Wort gesprochen.«

Kim nickte. »Sie wollten nicht, dass du sie erkennst. Vielleicht solltest du in ein paar Tagen wieder freigelassen werden – in dem Glauben, der Scheich hätte dich entführt.«

»Aber warum das Ganze?«, fragte Franzi. »Das ergibt doch keinen Sinn!«

»Und ob das einen Sinn ergibt.« Zaras Stimme klang bitter. »Mein Vater weiß genau, dass Achmeds Ansehen in unserem Land sehr leiden wird, wenn er ihm die Schuld für meine Entführung in die Schuhe schiebt.«

»Sein Plan ist aufgegangen«, stellte Marie fest. »Denkt doch nur an die Demonstrationen in Dorisien. Die Stimmung ist umgeschlagen, Scheich Achmed laufen seine Anhänger in Scharen davon.«

»Und um sich die Macht zu sichern, hat mein Vater in Kauf

genommen, dass ich Todesängste ausstehe.« Zaras Augen verengten sich zu schmalen Schlitzen. »Das werde ich ihm nie verzeihen!«

Vor ihnen tauchte der Bootssteg des Hotels aus der Dunkelheit auf. »Wir sind da«, verkündete Sandro und drosselte das Tempo. Das Boot glitt sanft an den Steg. Sandro vertäute es und half den Mädchen beim Aussteigen. Als sie über den Steg zum Strand gingen, rannte eine Gestalt auf sie zu.

»Farid!«, rief Zara und warf sich in seine Arme. Sie vergrub ihren Kopf an seinem Hals und begann zu schluchzen. Endlich ließ sie ihren Tränen freien Lauf.

Farid drückte sie fest an sich und streichelte ihr sanft über die schwarzen Haare. »Ganz ruhig«, murmelte er. »Alles wird gut. Jetzt kann uns nichts mehr trennen.«

Wahre Liebe

Als die drei !!! mit Zara, Farid und Sandro zum Hotel zurückkehrten, verfärbte sich der Himmel über dem Meer bereits rosa. Die Nacht war vorüber, bald würde die Sonne aufgehen. Kim war völlig fertig. Sie schlotterte vor Kälte in ihren feuchten Klamotten, ihr tat jeder einzelne Knochen weh und die Müdigkeit legte sich wie eine schwere Decke auf ihr Gehirn. Es fiel ihr schwer, einen klaren Gedanken zu fassen. Selbst dass Sandro sanft den Arm um sie legte, als sie vor Schwäche anfing zu schwanken, bemerkte sie kaum. Sie wollte jetzt nur noch eins: sich in ihr weiches Himmelbett kuscheln und schlafen, schlafen, schlafen.

Doch kaum hatten sie das Hotel betreten, wurde Kim aus ihrer bleischweren Müdigkeit gerissen. Eine Meute von Reportern stürzte auf sie zu und unzählige Blitzlichter leuchteten auf, sodass Kim und die anderen geblendet die Augen schließen mussten. Verdutzt blieben sie stehen, während die Reporter ihnen Mikrofone unter die Nase hielten und sie mit Fragen bestürmten. Alle redeten gleichzeitig.

»Wie geht es Ihnen, Prinzessin Zara?«

»Wer hat Sie entführt? Und wer hat Sie befreit?«

»Stimmt es, dass Scheich Achmed hinter der Entführung steckt?«

»Wo wurden Sie gefangen gehalten?«

»Werden Sie jetzt nach Dorisien zurückkehren und das Land an der Seite Ihres Vaters regieren?«

»Lassen Sie die Prinzessin in Frieden!« Farid legte schützend den Arm um Zara. »Sie hat eine Menge durchgemacht und muss sich jetzt ausruhen.«

Doch Zara schüttelte den Kopf. »Lass nur, ist schon okay. Die Öffentlichkeit hat ein Recht auf die Wahrheit.« Sie stellte sich vor die Reporter und wartete, bis alle Kameras auf sie gerichtet waren. Dann begann sie ruhig und gefasst zu sprechen. »Wie Sie ja alle wissen, bin ich Zara Yasmin, Prinzessin von Dorisien. Letzte Nacht wurde ich von Unbekannten entführt. Mit Hilfe dieser drei großartigen Mädchen konnte ich mich befreien.« Zara lächelte den drei !!! zu. Sofort flammten die Blitzlichter wieder auf, als die Reporter massenweise Fotos von ihnen schossen. Marie warf schwungvoll ihre Haare zurück und lächelte strahlend in die Kameras. Franzi grinste verlegen und Kim wäre am liebsten im Erdboden versunken. Sie hasste es, im Mittelpunkt zu stehen.

»Aber es war nicht Scheich Achmed, der mich entführen ließ«, fuhr Zara fort. Augenblicklich wurde es mucksmäuschenstill. Sämtliche Journalisten hingen an Zaras Lippen. Man hätte hören können, wie eine Stecknadel auf den Marmorboden fällt. Zara holte tief Luft und verkündete mit klarer Stimme: »Es war mein Vater, der Sultan selbst, der meine Entführung veranlasst hat. Er wollte sich durch diesen unmenschlichen Akt die Macht in Dorisien sichern. Ich verurteile sein Verhalten aufs Schärfste. Er hat die Menschen in unserem Land belogen und für seine Zwecke missbraucht – genauso wie mich. Ich hoffe, die Bürger von Dorisien können ihm dieses Verhalten irgendwann verzeihen. Ob ich es jemals kann, weiß ich nicht.« Sie nickte den Reportern zu. »Ich danke Ihnen für Ihre Aufmerksamkeit.« Ohne auf die

Journalisten zu achten, die sie mit Fragen bestürmten, schritt Zara erhobenen Hauptes durch die Halle zum Aufzug. Farid und Sandro folgten ihr.

Marie sah ihnen nach. »Man merkt, dass Zara öffentliches Auftreten von klein auf gewohnt ist«, stellte sie fest. »Sie ist ein echter Profi.«

Plötzlich erschien Hubertus neben den drei !!!. Er zückte seine Kamera und schoss mehrere Fotos von ihnen. »Herzlichen Dank!« Er grinste in die Runde. »Na, das ist ja vielleicht ein Ding! Ihr habt letzte Nacht tatsächlich die Prinzessin befreit?«

Marie nickte. »Allerdings. Wir sind Detektivinnen, wenn du es genau wissen willst.«

Hubertus machte große Augen. »Tatsächlich? Wie spannend! Davon hast du mir gestern Abend bei unserem Date im Fitnessraum ja gar nichts erzählt. Aber jetzt weiß ich wenigstens, warum du so plötzlich abgehauen bist. Ich dachte schon, du hättest auf einmal genug von mir.« Er lachte so laut, als wäre diese Möglichkeit für ihn völlig undenkbar.

Kim sah zu Franzi und verdrehte die Augen. Dieser Typ entwickelte sich allmählich zu einer echten Nervensäge.

»Wir hatten gestern kein Date«, stellte Marie etwas ungnädig klar. »Wir haben nur zusammen trainiert, okay?«

Hubertus ignorierte diesen Einwand. »Hey, wir sollten uns unbedingt heute Abend in der Hotelbar treffen. Dann kannst du mir alle Einzelheiten der Rettungsaktion erzählen. Sag mal, hat euer Detektivclub eigentlich auch einen Namen?« Er zückte einen Block und einen Stift und sah Marie erwartungsvoll an.

Marie runzelte die Stirn. »Was soll das denn jetzt? Warum spielst du dich plötzlich als Reporter vom Dienst auf?«

»Also, ehrlich gesagt – ich bin tatsächlich Journalist.« Hubertus räusperte sich. »Ich arbeite für eine kleine Tageszeitung in Süddeutschland.«

»Wie bitte?« Marie starrte Hubertus ungläubig an. »Und was ist mit der Geschichte von deiner Firma in der Nähe von München?«

»Das war ein bisschen geflunkert.« Hubertus grinste verlegen. »Ich hatte einen Tipp bekommen, dass Prinzessin Zara in diesem Hotel absteigen würde. Das war die ideale Gelegenheit für mich, ganz nah an sie heranzukommen. Aber dazu musste ich natürlich undercover arbeiten.«

Marie stützte die Hände in die Hüften. Ihre Augen blitzten wütend. »Ich fass es nicht! Du hast mich die ganze Zeit angelogen! Und du hast dich nur mit mir getroffen, um mich auszuhorchen!«

»Nein, nein!« Hubertus hob abwehrend die Hände. »So war es nicht. Ich finde dich wirklich ganz süß. Heute Abend mache ich alles wieder gut, okay? Du kannst auf meine Kosten so viele Cocktails schlürfen, wie du willst, und nebenbei machen wir ein kleines Interview. Ich sehe die Schlagzeile schon vor mir: *Prinzessin Zaras Befreiung – alle Details exklusiv von Hubertus Hammerschmidt …*«

»Ganz süß? Du findest mich nur *ganz süß*?« Marie sah jetzt so sauer aus, dass Kim befürchtete, sie würde Hubertus gleich an die Gurgel springen. »Vergiss es! Ich rede kein einziges Wort mehr mit dir. Du bist echt das Letzte!«

»Aber …«, wandte Hubertus ein, doch Kim unterbrach ihn.

»Du solltest jetzt lieber gehen«, sagte sie sanft. »Sonst kann ich für nichts garantieren.«
»Marie kann ziemlich rabiat werden, wenn sie wütend ist«, fügte Franzi hinzu. »Also sieh lieber zu, dass du wegkommst.«
Hubertus sah etwas verunsichert von Franzi zu Kim, die sich rechts und links von Marie aufgebaut hatten. Dann schüttelte er den Kopf und murmelte irgendetwas, bevor er in der Menge der anderen Journalisten verschwand.
»Alles okay, Marie?«, fragte Kim. »Du bist ganz blass.«
Marie nickte. »Es geht schon wieder. Von so einem Idioten lasse ich mich bestimmt nicht unterkriegen.«
»Das ist die richtige Einstellung.« Franzi klopfte Marie aufmunternd auf den Rücken.
»Ich kann einfach nicht glauben, dass ich auf ihn hereingefallen bin.« Marie seufzte. »Ich hätte sein blödes Getue sofort durchschauen müssen.«
Kim nickte, sagte aber nichts. Als gute Freundin verzichtete sie darauf, Marie daran zu erinnern, dass sie sie mehrmals vor Hubertus gewarnt hatte. »Adrian sieht sowieso tausendmal besser aus«, bemerkte sie stattdessen tröstend.
»Stimmt. Und er ist viel netter. Adrian spielt in einer ganz anderen Liga als dieser blöde Hubertus.« Marie lächelte verträumt.
In diesem Moment kam Herr Grevenbroich auf die drei !!! zu. Er sah erschöpft aus und hatte dunkle Ringe unter den Augen. »Ein Glück, dass euch nichts passiert ist!« Mit einem Seufzer der Erleichterung schloss er Marie in die Arme. Dann betrachtete er die drei !!! kopfschüttelnd. »Mädchen,

euretwegen kriege ich noch graue Haare! Wo habt ihr denn gesteckt? Ich wollte euch gestern Abend noch schnell Gute Nacht sagen, aber ihr wart nicht in eurer Suite. Ich habe stundenlang gewartet und mir furchtbare Sorgen gemacht. Schließlich habe ich sogar die Polizei gerufen. Wir wollten gerade eine groß angelegte Suchaktion starten, als ihr hier hereinmarschiert seid.« Er zeigte auf zwei französische Polizeibeamte, die mit Sandro sprachen. Farid und Zara waren bereits im Fahrstuhl verschwunden.

Kim und Franzi starrten verlegen auf ihre Schuhe. Marie grinste schief. »Seit wann bist du denn so ängstlich, Papa? Du weißt doch, dass du dich auf uns verlassen kannst. Mir passiert schon nichts.«

Herr Grevenbroich zerzauste seiner Tochter liebevoll die Haare, was Marie mit einer Grimasse über sich ergehen ließ. »Manchmal bist du mir etwas zu selbstständig, mein Fräulein.«

»Dafür kann ich nichts, *du* hast mich schließlich so erzogen«, stellte Marie klar.

Herr Grevenbroich seufzte. »Stimmt. Allmählich frage ich mich, ob das nicht ein Fehler war. Etwas mehr Zurückhaltung würde dir manchmal ganz guttun. Außerdem bin ich hier nicht nur für dich, sondern auch für Franzi und Kim verantwortlich. Was hätte ich denn ihren Eltern sagen sollen, wenn ihr nicht wieder aufgetaucht wärt? Entschuldigen Sie bitte, aber Ihre Töchter sind mir leider abhandengekommen? Frau Jülich hätte mich glatt gesteinigt, und das zu Recht. Ich hätte einfach besser auf euch aufpassen müssen.«

»Unsinn.« Marie gab ihrem Vater einen Kuss auf seine stoppelige Wange. »Du kannst nichts dafür. Zara war in Not und wir mussten ihr helfen. Es tut mir leid, dass du dir solche Sorgen gemacht hast. Das wollte ich nicht. Kannst du mir noch einmal verzeihen?«

Herr Grevenbroich lächelte etwas gequält. »Natürlich, Prinzessin. Du weißt doch, dass ich dir nicht lange böse sein kann. Aber versprich mir, dass ihr bis zum Ende des Urlaubs keine gefährlichen Rettungsaktionen mehr unternehmt, okay?«

Die drei !!! grinsten. »Kein Problem«, sagte Franzi.

»Ab sofort liegen wir nur noch faul am Pool und relaxen«, versprach Marie.

»Sie können sich auf uns verlassen«, fügte Kim hinzu. Plötzlich musste sie furchtbar gähnen.

»Ab ins Bett mit euch«, befahl Herr Grevenbroich. »Alles Weitere könnt ihr mir morgen erzählen. Ihr schlaft ja gleich im Stehen ein.«

Dieser Anweisung leisteten die drei !!! nur zu gern Folge.

Detektivtagebuch von Kim Jülich
Donnerstag, 18:25 Uhr

Nach der anstrengenden Rettungsaktion haben wir heute fast den ganzen Tag geschlafen. Ich kann immer noch nicht glauben, dass wir es tatsächlich geschafft haben, Zara zu befreien. Es ging alles so schnell!

Gerade waren wir nebenan in Zaras Suite und haben die gestrigen Ereignisse noch einmal ausführlich besprochen. Die Polizei hat die Entführer auf der Felseninsel heute früh festgenommen. Sandro hatte ihr Boot unschädlich gemacht, sodass sie nicht flie-

hen konnten. Ganz schön schlau! Ihm haben wir überhaupt viel zu verdanken. Wenn er die Entführer nicht abgelenkt hätte … Aber daran mag ich gar nicht denken.
Zaras Tante hat sich aus dem Staub gemacht. Wahrscheinlich versucht sie, sich nach Dorisien durchzuschlagen, aber die Fahndung läuft. Es ist nur eine Frage der Zeit, bis sie an irgendeiner Grenze erwischt wird.
Zara, Farid und Sandro wollen leider morgen schon abreisen. Das finde ich total schade, aber ich kann Zara auch verstehen. Sie verbindet natürlich keine guten Erinnerungen mit diesem Ort. Außerdem wird das Hotel jetzt Tag und Nacht von Reportern belagert. Die sind vielleicht aufdringlich! Vorhin hat sogar einer versucht, auf Zaras Balkon zu steigen, um durchs Fenster Fotos von ihr zu machen. Verrückt, oder? Das Wachpersonal hat ihn zum Glück sofort heruntergeholt und vom Gelände geworfen.
Ich muss jetzt aufhören, gleich treffen wir uns alle zu einem großen Abschieds-Abendessen. Und ab morgen ist dann Urlaub angesagt. Endlich kann ich in aller Ruhe meinen Krimi lesen – juchhu!!!

»Einfach unglaublich, was ihr letzte Nacht alles erlebt habt!« Herr Grevenbroich schüttelte den Kopf. »Das ist tausendmal spannender als der Krimi, den ich gerade drehe.«
Die drei !!! hatten während des Abendessens noch einmal ausführlich von der gelungenen Rettungsaktion erzählt. Sie saßen gemeinsam mit Zara, Farid und Sandro am besten Tisch im Goldenen Saal und ließen sich Kims Lieblingsgang, das Dessert, schmecken.

»Wenn wir wieder zu Hause sind, müssen wir unbedingt Kommissar Peters besuchen und ihm von unserem neuesten Ermittlungserfolg berichten.« Franzi grinste. »Der fällt glatt vom Stuhl, wenn er hört, dass wir es waren, die Prinzessin Zara befreit haben.«

»Ach, übrigens, ich hab noch was für euch.« Herr Grevenbroich zog drei Handys aus der Tasche seines Jacketts. »Die hat ein französischer Polizist vorbeigebracht, als ihr geschlafen habt. Sie wurden bei einem der Verhafteten gefunden.«

»Super!« Marie nahm ihr Handy in die Hand und betrachtete es liebevoll. Ohne ihr Handy fühlte sie sich immer wie ein halber Mensch. Sie nahm es sogar mit ins Bett!

»Ich weiß wirklich nicht, was ich ohne euch gemacht hätte.« Zara lächelte den drei !!! zu. »Vielen, vielen Dank noch einmal für eure Hilfe. Ich stehe tief in eurer Schuld.«

»Ach was«, wehrte Kim ab. »Das haben wir doch gern gemacht.« Sie kratzte ihr Dessert-Schüsselchen aus. Heute gab es *Crème brulée*, eine Art französischer Vanillepudding, der ausgesprochen lecker schmeckte. Kim hatte nachgerechnet, dass sie in den letzten Tagen genug Kalorien für ein halbes Jahr verbraucht hatte, und deshalb beschlossen, das nervige Kalorienzählen endlich aufzugeben und das köstliche Essen im Hotel in vollen Zügen zu genießen. Wenn sie hinterher nicht mehr in ihre Jeans passte, würde sie sich eben eine neue kaufen.

»Was hast du denn jetzt vor, Zara?«, fragte Marie. »Willst du nach Dorisien zurückkehren?«

Zara schüttelte den Kopf. »Nein, vorläufig nicht. Ich brauche erst mal etwas Abstand von meinem Vater. Außerdem geht in Dorisien gerade alles drunter und drüber. Es würde mich nicht wundern, wenn mein Vater gestürzt wird und Farids Vater die Macht übernimmt. Ich fahre morgen nach Paris zu meiner Tante. Sie hat versprochen, mich aufzunehmen, bis ich weiß, was ich will.«

»Du hast eine Tante in Paris?«, fragte Franzi. »Das ist ja toll!«

Zara nickte. »Sie ist die jüngere Schwester meiner Mutter. Seit meine Mutter gestorben und Tante Leila nach Paris gegangen ist, haben wir nicht mehr viel Kontakt gehabt. Aber das wird sich jetzt ändern.«

»Ich begleite Zara«, sagte Farid. Er sah Zara verliebt von der Seite an. »Es war schon immer mein Traum, in Paris zu leben. Und ich will mich nie wieder von Zara trennen. Wir gehören einfach zusammen.«

»Wie schön!«, seufzte Marie. »Und so romantisch.«

»Darauf trinken wir.« Herr Grevenbroich hob sein Glas. »Auf Zara und Farid und auf Paris, die Stadt der Liebe!«

Nach dem Essen wurde es Zeit fürs Abschiednehmen. Während Franzi und Marie Zara und Farid umarmten, nahm Sandro Kim beiseite.

Er sah sie ernst an. »Werden wir uns wiedersehen?«

»Ich weiß nicht.« Kim schluckte. »Was hast du denn jetzt vor? Gehst du auch nach Paris?«

Sandro nickte. »Erst mal, ja. Aber dann werde ich nach Dorisien zurückkehren. Ich will meine Familie nicht im Stich lassen. Es sei denn …«

»Was?«, fragte Kim.

Sandro griff nach ihrer Hand. »Es sei denn, du bittest mich hierzubleiben.«
Kim biss sich auf die Lippe. »Ich mag dich wirklich sehr gern, Sandro, aber …« Sie zögerte, dann gab sie sich einen Ruck. »Ich habe zu Hause in Deutschland einen Freund. Das wollte ich dir letztens am Strand schon sagen. Er heißt Michi und ich liebe ihn über alles.«
In dem Moment, als sie die Worte aussprach, wusste Kim, dass sie hundertprozentig zutrafen. Wie hatte sie jemals an ihrer Liebe zu Michi zweifeln können?
Sandro nickte langsam. Dann hob er Kims Hand an seine Lippen und küsste sie sanft. »Ich hätte wissen müssen, dass so ein tolles Mädchen wie du schon vergeben ist.« Er lächelte traurig. »Dein Freund kann sich glücklich schätzen, dass er dich hat. Ich hoffe, er weiß das.«
»Ja, das tut er.« Kim umarmte Sandro. »Ich wünsche dir alles Gute. Auf Wiedersehen, Sandro.«
»Adieu.« Sandro drehte sich um und ging davon.
Kim sah ihm nach und seufzte. Der Abschied von Sandro fiel ihr nicht leicht. Wenn sie nicht schon mit Michi zusammen gewesen wäre, hätte sie sich glatt in ihn verlieben können.
Michi! Plötzlich hatte Kim wahnsinnige Sehnsucht nach ihm. Es kam ihr vor, als hätten sie sich monatelang nicht gesehen. Warum war er so weit weg? Warum konnte er jetzt nicht hier bei ihr sein?
Kims Handy klingelte und sie zuckte zusammen. Doch als sie aufs Display sah, erschien ein Lächeln auf ihrem Gesicht.
»Hallo, Michi!« Kim drückte das Handy fest an ihr Ohr. »Ich hab gerade an dich gedacht!«

»Und ich an dich«, sagte Michi. »Du fehlst mir!«

Kim wurde warm ums Herz. »Du mir auch«, murmelte sie. Das konnte einfach kein Zufall sein. Das war die echte, die große, die wahre Liebe. Und die hatte nur einen einzigen Namen: Michi!